Jean-Paul Enthoven

Las razones del corazón

Vegueta ⌂ Testimonios

Jean-Paul Enthoven (Argelia, 1949) es autor de una docena de novelas y ensayos. Algunas de sus obras fueron finalistas de importantes premios literarios (Prix Renaudot y Prix Interallié); otras obtuvieron galardones como Prix Femina, Prix Europe, Prix Valery Larbaud. Colabora como crítico literario para *Le Nouvelle Observateur* y *Le Point*, y se ha desempeñado como director editorial de la prestigiosa editorial francesa Grasset. Especialista en Marcel Proust y fundador de la revista *La Regle du Jeu* junto a Bernard-Henri Lévy, es protagonista activo de los debates intelectuales que movilizan la sociedad francesa.

Vegueta Testimonios
Colección dirigida por Eva Moll de Alba

Título original: **Les raisons du cœur. Récit véridique, drolatique et fantasmagorique**
de Jean-Paul Enthoven

© 2021 by Éditions Grasset & Fasquelle
All rights reserved

© Jean-Paul Enthoven

© de esta edición: Vegueta Ediciones S.L., 2024

Roger de Llúria, 82, principal 1ª
08009 Barcelona
www.veguetaediciones.com

Traducción del francés: © Irene Oliva Luque
Diseño de la cubierta: Maria Fígols
Diseño de la colección: Sònia Estévez
Impresión y encuadernación: Kadmos

Primera edición: junio de 2024
ISBN: 978-84-17137-90-8
Depósito legal: B 8198-2024
IBIC: BGLA

Impreso y encuadernado en España

Este libro ha sido impreso en papel libre de cloro, 100% procedente de bosques
gestionados de acuerdo con criterios de sostenibilidad.

Esta obra ha recibido una ayuda a la edición del Ministerio de Cultura

Lectura infinita
#pactoporlalectura

Jean-Paul Enthoven

Las razones del corazón

Traducción de **Irene Oliva Luque**

Vegueta 🔲 Testimonios

Para P. (la mia Vita).

Imprevisible, arremolinada, empolvada de ocre, la pelotita amarilla salió disparada de la raqueta de Archi dejando un sonido lejano y mate.

Luego voló, rozó la red, bordeó la línea blanca y aceleró su pérfida rotación antes de abatirse sobre mí con malicia.

La vi de lejos, aquella pelotita maliciosa. Irradiante. Era un halo móvil. Una emanación. Envuelta en un temblor de aire. Como los que flotan sobre la superficie de los desiertos o en las pistas de los aeropuertos.

Noté enseguida, anticipándome, que la pelotita, el halo, la irradiación, la emanación, el temblor, conformaban un enjambre enemigo.

Ese enjambre me declaraba la guerra.

Yo era su blanco.

El partido de tenis ha empezado hace menos de una hora en este domingo otoñal.

Archi es Archibaldo Montoya, un amigo argentino con el que llevo veinte años cruzándome por aquí y por allá. Nos profesamos una mutua simpatía banal y muy acorde a los ambientes superficiales que normalmente nos reúnen. En su compañía, jamás me alejo de una zona de sentimientos estables y sin oscilaciones. Es una persona inteligente, instintiva, sin escrúpulos. Con una risa autoritaria que le infla el cuello a sacudidas y le agita las mejillas con un estremecimiento animal.

Cada vez que pasa por París, Archi me propone intercambiar algunos golpes con el fin de comprobar que sigue superándome. Sus victorias fáciles lo embriagan sin llegar a ofenderme. Al contrario, yo me alegro de que le generen con tanta facilidad la ilusión de seguir siendo joven y digno de la noble raza de los Montoya, quienes, después de tres o cuatro generaciones de arduo trabajo y de pillaje, le legaron un pedazo de pampa casi tan vasto como la Bretaña. Archi es hoy uno de los diez o doce reyes de la soja: título casi oficial con el que está encantado de la vida. Dado su temperamento, era más que necesario que se convirtiera en el rey de algo.

Este domingo, entre dos sets, removemos recuerdos frívolos sobre los asuntillos que han dado pie a los altibajos de nuestra complicidad. Evocamos nuestros viajes, nuestras desapariciones, nuestras ilusiones, las chicas que nos han hechizado o nos han herido.

Me pregunta si tengo noticias de aquella tal Violante que tiempo ha él me presentó, para enorme desgracia mía («Una 'mala niña'[1] ...Nunca entendí por qué te gustaban tanto las malas...»). Yo, a cambio, lo interrogo sobre el carrusel de sus amantes («¿Por qué tendría que amar a una sola mujer a la vez?», me responde él...). No nos oye nadie. Hablamos como dos muchachos que tratan de olvidar que los años pasan y sus sienes se encanecen.

---

1. Se resaltan entre comillas simples todas las palabras y expresiones que aparecen en español en el texto original. (N. de la T.) (Todas las notas son de la traductora).

Me cae bien Archi. Es un biófilo de primera. Le encantan los pura sangre, el deporte, la Virgen María, el placer, el sexo, el dinero, bañarse en el mar. Para él, la religión católica, que practica a distancia, posee la maravillosa virtud de volver a poner a cero los contadores del pecado. Limpia la suciedad que se acumula en el cerebro de los hedonistas, lo que los autoriza a lanzarse de inmediato hacia nuevas tentaciones antes de volver a pasar por la pizarra mágica religiosa, y así sucesivamente. Gracias a este tipo de ideas simples, más que a su fortuna, Archi siempre ha sido más feliz que yo. Su sola presencia en este día me conecta de nuevo con la despreocupación que predominaba en mí en otra época, cuando mi existencia se asemejaba a la superficie de un lago resplandeciente. Nuestros 'abrazos' dicen mucho, todavía hoy, del dulce pasado que el azar ya nos ha concedido y al que por costumbre nos aferramos.

Hemos planeado ir a cenar al Plaza después del partido. A Archi le encantaría volver a ver a Vita («¡*La divina*'! ¿Te acuerdas? Yo me fijé en ella antes que tú...») y quiere, como todos los años, presentarme a su nuevo amor-eterno de la temporada.

En compañía de Archi, la vida es divertida y egoísta. Se confunde con una sucesión ininterrumpida de momentos vacíos y agradables. Cuando charlamos, no tengo ni tiempo ni ganas de pensar en todas las desgracias que tejen, tejieron y tejerán el destino del mundo. Aprecio a los individuos que, como él, durante unas horas me producen la sensación de que yo podría haber sido otro.

¿Quién habría sido ese *otro*?

Eso no lo sé.

Ahora mismo, nada diferencia a la pelotita amarilla que se precipita hacia mí de los millones de pelotitas amarillas que, a lo largo del tiempo, me han hecho correr, deslizarme, regocijarme, exultar. Caucho y aire recubiertos de fieltro. Un objeto perfecto. Que va y viene. Infatigable. Le debo mucha sensatez a ese sol en miniatura, a su rectitud, a su respeto de las reglas, a su simplicidad. Dentro de la línea blanca, tienes derecho. Fuera, no lo tienes. Me siento muy ligado a esta moral rústica que, al cortar limpiamente los lazos entre el bien y el mal, entre lo lícito y lo prohibido, podría resolver convenientemente la mayoría de las disputas humanas.

Incluso diría, a riesgo de precipitarme, que estos pequeños soles de aire y caucho con órbitas tan felizmente diversas siempre los he asociado por instinto a mi alegría de vivir, a la energía sin la cual todo se marchita y se apaga, al suculento sabor de mi estancia en la tierra. A veces me da por pensar que, si un día la edad, los músculos, el aliento, la espalda, los tendones me obligaran a renunciar a las satisfacciones que me procuran estos saltos y cabriolas tenísticas, sería sin lugar a dudas el principio del fin. De mi fin. Dicha certeza forma parte de los dos o tres puntos de referencia que me ayudan a imaginar el futuro, del que, por superstición, rara vez me preocupo.

En este domingo otoñal, el sol en miniatura se arremolina y rebota, el viento agita con indolencia la copa de los árboles, unas nubes proyectan en el suelo sus sombras furtivas, oigo mis arterias, en las que la sangre late obedeciendo a un *tempo* vivaz y feliz. En cada carrera, mi cuerpo me precede. Escoge mis gestos y mis reflejos sin consultarme. Yo le obedezco. Confío. Apruebo por principio los movimientos que me impone. Por lo general, mi cuerpo decide antes que yo. Cosa que siempre me ha hecho la vida más fácil. Más inteligente.

Todo está en orden.

Mis nervios, la naturaleza, mis segundas intenciones, las risas de Archi, la perspectiva de una velada inocente.
Disfruto tranquilamente de una felicidad fluida.
Devoro los lentos segundos de un final de la jornada sin pretensiones.
Me hará falta tiempo, mucho tiempo, para admitir que aquellos segundos podrían haber sido los últimos de mi vida.
Porque lo que a continuación va a suceder no estaba previsto.

Si durante el nanosegundo que precede a los segundos que podrían haber sido los últimos de mi vida, aprovechando un ejercicio de desdoblamiento temporal, observo al hombre que corre hacia el sol en miniatura que Archi acaba de lanzarle...
... y si, al mismo tiempo, llevo a cabo lo que se denomina una «congelación de la imagen», enriquecida por la información adicional que he podido recoger a lo largo de mi dilatada convivencia con la persona que soy...
Podría, sin parecer indiscreto, narcisista, patético o perentorio, afirmar:

- Que dicho hombre, yo mismo, según las estadísticas, ya ha vivido dos tercios de su vida. De lo que puede deducirse que, aunque dicha idea le parezca incongruente, se encuentra más cerca de su defunción que de su nacimiento. Todavía unos treinta o treinta y cinco años más.

Es algo razonable, se dice a sí mismo... Bastará con evitar los excesos, las emociones fuertes, los sentimientos inútiles, las pasiones tristes... sin dejar de concederse, en la medida de lo posible, la mayoría de los placeres que iluminan la existencia.

- Que la suerte le ha sonreído bastante. Ninguna desgracia evidente. Pocos enemigos. Relaciones. Ascensos. Una reputación. Viejas ambiciones. Por otro lado: un cuerpo fiable y una serie de lealtades a ciertos comportamientos, consigo mismo y en sociedad, cuya buena disposición moral lo reafirma en la idea de que no es un cualquiera.

- Que ha estado varias veces casado, divorciado, casado, divorciado. Siempre entre dos seducciones, este hombre mantiene relaciones apasionadas y complejas con el otro sexo, que a veces lo considera un amigo y otras un enemigo. Desde su punto de vista, y pese a los desengaños que le han ocasionado, las mujeres siguen siendo la parte más estimulante, la más apasionante, de la humanidad. Busca su compañía. Se alimenta de sus intuiciones. Acepta plenamente sus veredictos. A ellas les debe todo lo que ha aprendido sobre sí mismo.

- Que dicho hombre, editor y crítico literario de oficio, ha publicado bajo su nombre una decena de obras que, sin ser de primer orden, tampoco son francamente peores que las que nuestra época enaltece. Con el tiempo, sin embargo, a veces ha llegado a arrepentirse de su vocación. Habría preferido ser actor de cine, cantante de variedades, jefe de Estado, agente doble, eminencia gris o tenista.

• Que sus asuntos del corazón y conyugales le han procurado tres vástagos, dos niños y una niña, con los que mantiene relaciones intensas. Por sus buenas cualidades innatas, los tres (guapos, dotados, caritativos, desigualmente respetuosos) son la prueba de su incontestable paso por la Tierra. Por lo demás, no ignora que estos niños, ya adultos, están impacientes por fosilizarlo, a él, en difunto amo. Lo que a ellos les gustaría, ¿cómo no entenderlos?, es quererlo sin trabas de por medio. Pese a todo, él les demuestra su total y absoluta indulgencia. ¿Acaso no son, como escribía Schopenhauer, «delincuentes inocentes» que él mismo, por egoísmo, ha condenado a vivir?

• Que dicho hombre, pese a ser poco fetichista, colgó en una pared de su despacho la famosa foto en la que se ve al joven Marcel Proust, su tótem personal, en el club deportivo de Porte Maillot. Risueño y engominado, el futuro gran escritor sostiene en las manos una raqueta de tenis que, con el propósito de divertir a varias muchachas en flor, empuña a modo de mandolina. Este detalle tiene como único objeto recordar que, en su opinión, Marcel Proust probablemente sea el prosista, el espécimen humano, el explorador, el amado amigo del alma a quien él profesa su más viva y absoluta admiración. Descubrirlo, para más inri, con una raqueta en un club de tenis es razón de más para alegrarlo. Nada le impide imaginar que, de haber nacido un siglo antes, tal vez habría podido intercambiar algunos golpes con este artista cuyo genio vibrátil y más sensible que un sismógrafo íntimo jamás dejará de instruirlo sobre la historia del mundo, sobre sus contemporáneos, sobre sí mismo.

- Que es agnóstico, materialista, alérgico a toda forma de lealtad irracional, al tiempo que conserva en su persona una intensa nostalgia de la fe, de la gracia, de la esperanza, que nunca han pensado en proponerle sus servicios. Hay días en los que considera la muerte «un calumniado arroyo no profundo»[2], como dijo el poeta, y otros, una nada infinita parecida a la que precede al nacimiento. Esta doble convicción, por lo demás, lo apacigua y calma su desaliento ante la finitud de la existencia.

- Que algunos amigos, todos escogidos e inscritos en un perímetro tan sagrado como restringido, embellecen su estancia terrestre. En general, los ha reclutado entre individuos que han colocado la bondad, el atrevimiento, el gusto por la felicidad y la lealtad, distribuidas sin un orden concreto, en el puesto de mando de sus vidas. Hasta la presente, sus amigos no son numerosos. Tampoco quiere más.

- Que disfruta todo lo que puede y más. No se niega ninguno de los placeres que se concedía hace treinta años. Mantiene con cada uno de sus órganos una relación de simpatía y confianza recíprocas. Hasta el momento jamás ha sufrido ninguna lesión, ni insomnio, ni ninguna enfermedad ni

---

2. Del poema «Tumba» de Stéphane Mallarmé, recogido en la *Antología* publicada por Plaza & Janés con traducción de Federico Gorbea.

rebelión celular. Ignora, en este preciso instante, que este privilegio, que él considera natural, se debe en realidad a un milagro efímero e inexplicable.

- Que, durante el nanosegundo que precede a los segundos y a las horas siguientes, este hombre brinca con alegría sobre su pista de tenis con la firme intención de ejecutar el derechazo que su brazo inicia como debe. Su cerebro así lo ha decidido. Un impulso eléctrico ha recorrido sus nervios antes de alcanzar sus hombros, su torso, su muñeca. Sus dedos se crispan. Sujetan la empuñadura de la raqueta como sujetaríamos a un gorrión en la mano. Con la firmeza suficiente para que no escape. Con la delicadeza suficiente para no ahogarlo. Su mente anticipa un gesto fácil, repetitivo, armonioso. Se apresura hacia el sol en miniatura sin tener la menor idea de lo que lo espera.

He reconstruido a *posteriori* la sucesión de los hechos tal y como debió de desarrollarse durante la secuencia infinitamente fragmentada que me separa de lo que va a suceder.

Para empezar, corro hacia la bola que me ha enviado el derechazo de Archi y que, por definición, lo único que espera es ser propulsada como respuesta. Una bola previsible. Brevemente aletargada en la cumbre de su rebote. Como un abejorro o un colibrí inmóvil en pleno vuelo. Dicha bola dista solo unos centímetros de la punta de mi raqueta cuando un demonio hasta entonces adormecido se despierta y decide hacérmela inalcanzable. El espacio se estira nervioso. Se vuelve pegajoso. A algunos sueños les encanta esta abrumante lentitud, cuando el más insignificante de los gestos parece tener que levantar toneladas de materia invisible. Los aficionados al inconsciente como el señor Rachid (el cuasi gurú con el que durante un breve periodo me vi después de que Violante se fuera) aseguran que se trata de una reminiscencia fetal. Esta opinión infalsificable no me satisface del todo. En dicha lentitud veo más bien, en acción, un veneno que paraliza, constriñe, bloquea y cuaja la vida en una lava que se endurece rápidamente. Todo lo que siguió derivó de este instante poco fluido.

Un estremecimiento desconocido (vértigo, sudor frío, espasmos, náuseas, garganta seca) recorre mi piel mientras el paisaje a mi alrededor tiembla como un océano de algodón. Estoy en el suelo. Floto. Con placas de arcilla machacada que, mezcladas con mi sudor, dibujan continentes rojizos sobre mis gemelos y mis rodillas. La impresión de que la pista de tenis no es más que una lona de polvo extendida encima de un abismo. Un paso demasiado pesado y la lona se desgarra, caigo. Como si caminara sobre un lago cubierto por una fina capa de hielo. En mi cabeza, un sinfín de sensaciones crepitan, irrumpen, desfilan, se deslizan a toda velocidad por un tobogán interior.

Veo...

... el color de Roma la cara de Vita al dormirse un campo de cebada en la Toscana el vaporizador de Ventolín del señor Rachid la calle de un sur al rojo vivo mi padre al volante de su Thunderbird rutilante la perilla de D'Artagnan la abadía de Vézelay un fresco de Puvis de Chavannes la sonrisa tímida de Françoise Sagan un jersey de tenis con ochos rojos y azules mi cuarto de niño atravesado por rayos oblicuos un baño a medianoche en una cala el capitán Ahab los terciopelos rojos de la Comédie-Française la mandolina de Proust un ojo arrancado las falsas ruinas del parque Monceau un cartel de cine con Gaby Morlay una luna llena...

Mi mente, lo que queda de ella, entra en barrena. Se golpea contra muros de memoria. Regresa. Vuelve a irse. Circula dentro de un laberinto de contratiempos. También es un sol en miniatura. Un búfalo dentro de una cerca. Apenas me da tiempo a recordar que los moribundos, antes de exhalar el último aliento, ven desfilar su vida entera ante ellos: ¿será eso lo que me pasa? Tengo ganas de tumbarme sobre un peñasco plano y templado. Pero tengo frío, cien mil hormigas de plomo invaden mis párpados y mis oídos. Resisto. Mis huesos vibran. Humedad en las palmas.

Ahora, mi sudor frío se transforma en una fina capa de hielo pegada a la nuca. A veces, un águila poderosa e imaginaria clava sus garras en ella, me levanta, me lleva por los aires. Desde allí arriba, domino la pista de tenis, la ciudad, la gente, el sol poniéndose. El cielo se derrama en mi boca. Es una ola inmensa y otoñal.

Mis ojos graban a Archi a cámara lenta. Pasa por encima de la red, corre hacia mí, me abraza, se sorprende («'¿Qué te pasa, chico?'»), me seca la frente, pide ayuda, pierde la calma. Se agita. ¿Por qué? Perder la calma no entra dentro de sus costumbres. Alguien, encerrado bajo mi piel, repite mecánicamente «sal por aquí, sal por aquí, sal por aquí...», tal vez sea el mismo demonio de antes que, ahora con arrogancia, se ha adueñado de la situación y da órdenes. Archi ya no ríe y un agujero-nada me aspira. Un lugar sin sol en miniatura ni líneas blancas. Todo me parece normal. Solo hay que dejarse llevar. Mi atención titila y no se espanta. Siento que podría apagarse.

Pánico general. Camilla. Ajetreo e inquietud en torno a mi cuerpo flácido. Me lanzan al interior de una ambulancia que acelera por la gran avenida del bosque de Boulogne. Archi me acompaña. Lo oigo rezar en español, llamar por teléfono al embajador de Argentina, su voz emite un sonido acuático, parecido a un samovar que gorgotea a lo lejos. A través del cristal diviso grupos de niños que juegan bajo un sol de domingo. Me hacen pensar en una novela de Modiano cuyo título no recuerdo que se desarrolla en Annecy o en Jouy-en-Josas, una novela en la que unos individuos, como yo ahora mismo, no saben muy bien quiénes son ni de dónde vienen. Sumido en mi neblina, caigo por primera vez en que Modiano Patrick y Marcel Proust tienen las mismas iniciales, lo que seguramente significa algo. Pero ¿de qué sirve pensar en Modiano, en Marcel, en sus iniciales, en el cariño que me inspiran, cuando es posible que dentro de pocos minutos yo ya no exista? Sin embargo, esa es la ley: nadie elige lo último que imaginará de vivo. Llega sin más, se impone, una neurona lo saca de entre un barullo de imaginaciones posibles y disponibles, le envía una última descarga de electricidad cerebral antes de que alguien —una Parca, unos niveles sanguíneos alterados, un simple nervio más frágil que el resto, un ajuste defectuoso de la máscara de oxígeno— decida que es la hora de la extinción general. Entonces la cabeza se llena de negro. Se inunda de noche. Telón. Circulen, circulen. Aquí no hay nada que ver, pasemos a otra cosa. Salgan por aquí.

El bosque de Boulogne desfila ante mis ojos vacíos. Hermosos barrios grises y beis. Los álamos amarillean a su ritmo, sobrevivirán a tres o cuatro generaciones de humanos. Aquí, el pisito al que Violante me arrastró la primera noche. En este banco, a la sombra, leí *Moby Dick* en pleno verano. Allí pasé una noche con una novia espabilada que me lo enseñó todo. En la terraza de ese café esperé en vano a un compañero de instituto la tarde que el general de Gaulle dimitió. Bajo este porche le robé un beso a una amiga que no tardó en perdonármelo... ¿Dónde se almacenan los recuerdos cuando la propia memoria se prepara para olvidarlos? ¿En qué superdisco duro? ¿En qué nube inflada de secuencias descoloridas que nadie consultará jamás?

Lo que me parece insoportable son las personas que pasean, discuten, sonríen, se besan, hacen pompas de jabón para entretener a sus chiquillos. A estos autómatas que follarán esta noche o mañana y probablemente existirán más tiempo que yo, los considero una ofensa odiosa. En el ideal egoísta, todo el mundo debería extinguirse al mismo tiempo que el moribundo principal, de ese modo le resultaría menos triste, sería más acorde a su vanidad. Los faraones lo comprendieron: se sepultaban rodeados de tesoros, esclavos, esposas, caballos, baratijas, concubinas. Personas admirables, estos faraones. Tan brillantes en su arte de saber vivir en el momento de morir.

Pronto Neuilly. Enfermeros atentísimos. Un pasillo metálico. Un olor a éter. Una sala de espera decorada con los retratos de los generosos benefactores. Archi ha debido de empeñarse en que me trasladen a una clínica de lujo. No habría permitido que yo agonizara en un decorado penoso. No me siento tan mal.

Solo tengo la impresión de que mi ser huye, se escapa, se vacía. Un aljibe roto.

Un médico residente de guardia chasquea los dedos delante de mis ojos apagados. Quiere asegurarse de que no estoy completamente desenchufado. De que un residuo de mí mismo todavía en activo sigue vibrando en el fondo de mi cerebro.

—¿Su apellido?

Mi respuesta patina. Sigo en la pelota amarilla sol que se arremolina inalcanzable. ¿Tal vez un punto de partido? Lo más perturbador es esta impresión, tampoco tan desagradable, de que en el interior de mi cráneo somos como mínimo dos o tres.

Hay en primer lugar un yo intacto y clarividente, un comandante en jefe, que registra, comprende, ironiza, piensa en Marcel, en Modiano, en la espabilada que me lo enseñó todo, que querría avisar a Vita, anular la cena con Archi, es un yo razonable, culto, previsor, contrariado, un responsable de la máquina planetaria, un antiguo *boss* que no se ha hundido tras la debacle.

Y está también el otro yo, más delirante, carente de toda lógica, que se descontrola, fabula, se atrinchera detrás de expresiones regresivas, se complace en su sinrazón y su aspecto atolondrado. Este otro yo avanza como un funambulista sobre una cuerda trenzada de frases y de sensaciones manipuladas.

Al pasar, advierto, errantes, otros fragmentos de lo que yo era. Esquirlas de cristal psíquicas. Granos de subjetividad suspendidos en un movimiento browniano. La mayoría actúa como les viene en gana. Un torbellino. Una batalla campal. Imposible controlar este desorden. Ni siquiera lo pretendo.

—¿Su edad?

Oigo la pregunta; es evidente que la respuesta no plantea ningún problema, pero alguien, probablemente el demonio adormecido que se despertó hace un rato, la retiene, la diluye, la encalla en mi garganta.

—Sí, su edad...

Es simpático este residente. Dada la categoría de la clínica, está acostumbrado a gente importante a la que hay que tratar con consideración. Quiere ayudarme, pone en ello un empeño conmovedor. En una película, su papel se le asignaría a un joven Tom Hanks. Es un buen chico, robusto y más bien anodino. Un tipo diligente y compasivo de antebrazos musculosos recubiertos de una rubia pelusa cinematográfica.

Pero su pregunta es indudablemente irónica. ¿Quién podría olvidar su edad? ¿Querría él también, a poder ser, que le dijera la edad del niño que fui? ¿Del señor madurito y en forma que aguanta los tres sets en una cancha? ¿Del *boomer* inoxidable que ha sabido gustarle a Vita? ¿Del anciano en el que llegado el caso me convertiré? ¿Del ganador? ¿Del vencido?

Podría, ya que estamos, decirle también la edad de un yo hipotético, futuro centenario sereno, rodeado en su imponente cama de toda una tribu en lágrimas piadosamente congregada por la gran parafernalia de mi muerte.

Anticipo la escena faraónica por gusto: mis hijos me piden perdón por si acaso, mis mujeres se mesan los cabellos, unas plañideras entonan mis alabanzas, mis amigos contienen la respiración, mis gatos adoptan su pose de mensajeros fúnebres, yo exhalo un perfume de mirra que habla de mi sabiduría mientras vivía y anuncia mi fetidez de cadáver inminente...

Un final de partido digno y decente, puesto que siempre hay que cuidar la salida, y a mí me da rabia haber hecho una chapuza con la mía. ¿Cuánto tiempo pasará antes de que ya no sea más que un pedazo de carne fría?

En cuanto a mi edad: ¿no sabe este señor, este tal Tom, que siempre me he vanagloriado de no haber tenido más que una edad hasta ahora, una edad fundamental, la que determina el temperamento, la energía, la audacia, el carácter, el impulso vital? Pongamos, en mi caso, unos veinte años como máximo... Ni más ni menos... Es normal que en ocasiones haya podido ser más viejo o más joven que mi verdadero yo, pero desde que me envolví de una vez por todas en estos veinte años, mentalmente no he vuelto a moverme, he dejado de desgastarme, convencido en todo momento de que no me pudriré de pie como todo el mundo, sino que me romperé de un golpe, como una lámina de acero sueco en la que se nos ha colado una fisura o una burbuja de aire. ¿Será esto lo que está ocurriendo ahora mismo?

En medio de este claroscuro mental, diviso a un muchacho desenvuelto.

Llega de improviso desde mi vida de antes. Se acerca. Me canta una vieja melodía de Elvis Presley.

Just take a walk down Lonely Street
To Heartbreak Hotel...

Lo reconozco, me gustaría besarlo. Mis labios atraviesan sus mejillas translúcidas que parecen esculpidas en un diente de león, en una nube, en un algodón de azúcar.

Se llama Michel.

No ha envejecido. Parece ya informado de las peligrosas intermitencias de mi corazón. Su pelo sigue siendo negro y rizado. Lleva uno de esos jerséis de tenis de ochos rojos y azules trenzados con gracia que en otra época comprábamos en una *boutique* de la Rue de la Pompe.

Cuando todavía vivía, hablaba con Michel de todo. Primeros amores, listas de éxitos, futuro, novelas, política, remordimientos. Bach, Elvis y Chuck Berry resumían su visión del mundo cuando yo iniciaba mi dilatada relación proustiana, pero jamás se nos habría pasado por la cabeza hacer diferencias entre sus dioses y el mío. Su repentina fama, por más que fuera previsible si atendemos a su increíble talento, me había dejado rezagado pero sin dañar nuestra amistad. Y le procuraba un éxito considerable con las chicas, ante las que me hacía de generoso embajador.

Mi querido Michel... Cuánto cariño le tenía... Un chico educado, brillante, razonablemente loco, jugando a todas horas con notas musicales, con acordes discordantes, con versos libres... Su padre, un médico eminente, curaba las enfermedades coloniales del mío, y eso había creado lazos entre nuestras dos familias. En mi casa, nunca nos olvidábamos de enviarles cajas de vino, flores, dulces, macetas de naranjos, a la eminencia, a su esposa, a su secretaria, y mi padre concedía mucha importancia a esta valiosa relación. Michel, por su parte, tenía un abanico de futuros ante sí, solo tenía que elegir... Quedábamos en un banco del parque Monceau, en primavera caminábamos por los senderos que bordean el mar por la zona de Trouville, de Houlgate, de Honfleur, y él me silbaba sus melodías inacabadas para las que yo a veces le sugería una rima marceliana y absurda.

Gracias a Mireille, la cantante de *Couchés dans le foin*, la reina de las entonaciones de la preguerra del *Petit Conservatoire* de la radio y luego de la televisión, nos habíamos hecho amigos de verdad, porque ella opinaba que Michel y yo nos dábamos un cierto aire familiar, que compartíamos un halo de últimos años de adolescencia un tanto frágiles, unos modales de retoños burgueses que todavía no se han resignado. Nosotros aceptamos felizmente aquella improvisada fraternidad bendecida por el viejo Berl, el travieso marido de Mireille, que nos recibía en pijama en su piso de Palais-Royal para hablarnos de Pétain, de Anna de Noailles o de Joséphine Baker.

Años más tarde el corazón de Michel explotó al final de una jornada, en una pista de tenis por la zona de Ramatuelle. La muerte se había encaprichado de él, de sus carnes firmes, de sus discos de oro, de sus *groupies*, de su prestigio en el reino yeyé. Y le había despachado uno de sus soles en miniatura que asesinan sin miramientos.

Él, igual que yo, se había visto obligado a tender su raqueta. A correr hacia el colibrí inmóvil. A deslizarse sobre la tierra ocre incandescente del sur. A permitir que el cielo invadiera su boca. Lo trasladaron a la clínica en la que los turistas se recuperaban de sus insolaciones y sus tobillos torcidos en las pistas de *twist*. No bastó con eso.

Sus estribillos, himnos de nuestra ardiente juventud, jamás han dejado de sonar dentro de mí. Hay una avenida, en el parque Monceau, que ahora lleva su nombre («Michel Berger, pianista, autor, compositor y cantante, 1947-1992»). Imposible pasar por allí sin oír las vibrantes modulaciones de su voz exiliada.

Michel fue mi primer muerto. Bueno, el primero que, en mi vida, murió antes de tiempo. Mis demás muertos, mis muertos anteriores a él, se habían marchado respetando un calendario correcto y previsible. Pero la posibilidad de las grandes despedidas que nadie anuncia la admití gracias a Michel.

No es de extrañar que justo ahora aparezca.

El tenis, el vértigo, el colibrí, la tierra ocre incandescente.

Me está advirtiendo.

Tom Hanks vuelve a la carga:

—Veamos, su apellido...

Rara vez olvido mi apellido. Pero en este caso, lo reconozco, se me escabulle entre los dientes, debajo de la lengua. Se derrite como un caramelo. Se convierte por capricho y súbita evanescencia en la culebra que se desliza como quien no quiere la cosa entre ristras de antepasados que cuelgan de los árboles de noche. A estos antepasados, más me vale reconocerlo, los visito poco. Incluso les tengo alergia a sus formas tan solapadamente expeditivas de abarcar en un patronímico la vasta gama de tumores, de arterias cansadas, de astucias, de fracasos, de hazañas, de hipertensiones, de deseos insatisfechos, de taras y de secretos indecentes que conforman el relato de un linaje, y todo eso con tal de regalarse a la chita callando, de forma ficticia, una prórroga de existencia póstuma... Por experiencia propia, conozco estas maneras ancestrales de maniobrar desde la ultratumba, aunque por el momento siempre he logrado dar esquinazo a esta banda sepulcral, a estos zombis de mi familia. Y no tengo ninguna intención de cambiar. ¿Mi apellido? Me quiero libre. Nada de arrestos domiciliarios patronímicos, al menos por el momento, creo yo... Que se vayan a hacer puñetas... *Do not disturb.*

—Vamos, haga un esfuerzo, por favor... ¿No tiene usted apellido? Todo el mundo tiene apellido...

Iba a contestarle cuando, golpe de efecto, mi padre, pese a estar muerto, aparece de sopetón en mi cabeza, por la que tengo que admitir que de vez en cuando se pavonea y saca a relucir sus arrepentimientos. Surge de una época pasada. Atraviesa la silueta de Michel, que sigue presente, la aparta como una mosquitera y aparece en mi mente parasitada por una increíble cantidad de pruritos del pasado. Papá, todo peripuesto, esbelto, feliz de la vida, con perdón. Va al volante de su Thunderbird, cuyo reluciente cromado le devuelve un perfil distinguido de sí mismo; quiere parecerse a Gregory Peck, su modelo de elegancia viril, su ideal de un yo adaptado a lo imperio francés. Lo consigue sin esfuerzo, viste un traje de lino perfectamente arrugado y muy de ultramar, un sombrero panamá de ala ancha cuyo equivalente no veré hasta años más tarde sobre la cabeza de Louis Aragon caminando delante de mí por una calle de Aviñón.

Ese día (me refiero a mientras él aparece de sopetón en mi cabeza justo cuando yo estoy perdiéndola...), mi padre es una estampa de moda. Un extraordinario cliché del colono que disfruta de su opulencia en un hipotético decorado que ya no existe. Para papá, la vida es bella, la ciudad es blanca. Tiene hombros de luchador y manos capaces de machacar una nuez, de detener las palas de un ventilador, de estrangular una hiena. Está convencido de que, cuando llegue el día, yo le tomaré el relevo, y mi hijo después de mí, y los hijos del hijo de mi hijo, y así hasta el fin de los tiempos. Desde ese pasado, me mira con amor, puesto que soy su futuro. Para celebrar esta pequeña comunión de sangre y de espíritu, me esgrime su programa de la velada: para empezar, me anuncia aún satisfecho, daremos una vuelta por el cine Vox (comprado por él unos meses antes, con inmenso orgullo...) para ver *Los tres mosqueteros*. Después de eso propone una velada solo para los dos en Paradis-Plage, junto a la carretera de la costa, donde cenaremos pescado a la brasa escuchando a Los Chiquitos, un famoso grupo de mambo. Habrá hermosas mujeres que intercambiarán discretas miradas con papá. Y un montón de personajes secundarios que, a cambio de unos cuantos billetes casi tan grandes como alfombras de oración, se inclinarán con reverencia ante el jefe de nuestra poderosa familia sudista. Sé que soy el futuro heredero de esta sumisión. Esa posibilidad me llena de un estúpido y comprensible gozo, puesto que todavía no me he convertido en el cachorrillo progresista que pronto se atrincherará en mí con arrogancia.

Pero el programa *Tres mosqueteros*-Chiquitos no convence al niño que me devuelve este recuerdo. Mohín de disgusto, enfurruñamiento, apenas asiento. Papá me pone su musculosa mano en la nuca.

—Podrías mostrar un poco más de entusiasmo...

—¿Y qué quiere decir esa palabra?

—Entusiasmo significa estar de buen humor... Contento por ir a ver *Los tres mosqueteros* y por pasar la tarde en Paradis-Plage a solas con tu papá... Entusiasmo es una palabra importante que evoca sentimientos alegres... Podríais, tú y ella, haceros amigos...

—No me gusta esa palabra.

—Pues te equivocas... No es una palabra cualquiera...

—¿Por qué?

—Porque empieza por las tres primeras letras de tu apellido... E-n-t... Lo que la convierte en prácticamente un miembro de nuestra familia... Una especie de primo.

—No quiero ser primo de una palabra.

—¡A ver, que tres letras no es poca cosa! Deberías llevarte bien con este amable primo...

Mi padre hacía a menudo este tipo de razonamientos poéticos. Unas veces me hacían sonreír. Otras, me daba la impresión de que se burlaba de mí.

El día del primo Entusiasmo, no sonreí. Y *Los tres mosqueteros*, con sus sombreros de plumas y sus ridículas capitas, me aburrieron. En el modesto restaurante de Paradis-Plage, preferí mirar a las hermosas mujeres. De piernas largas y bronceadas. Con una piel carnosa perfumada de ámbar, de menta fresca, de jazmín. Mi ideal femenino se cristaliza en este preciso instante. A él seré fiel para siempre. Por otro lado, en la película tampoco me habían disgustado los realzados senos de Milady de Winter, que en realidad eran los de Mylène Demongeot. Más tarde, bastante más tarde, conocería a la auténtica Mylène de Winter en una playa de Porquerolles. Regentaba un criadero de hámsteres. Intercambiamos unas cuantas palabras. Ella había envejecido. Yo también. Se había roto el hechizo. Es cierto, los hechizos siempre acaban rompiéndose.

Tom Hanks insiste, tengo que contestarle, parto en búsqueda de un apellido en mi gran fragua cerebral, encuentro una amplia gama de apellidos más o menos limpios y colgados de perchas, algo así como un vestuario de trajes de época. Escojo uno, para nada al azar, es el famoso primo Entusiasmo, voy a ponérmelo para responder amablemente:

—Me llamo Ent... e, n, t... usiasmo... Como mi primo...

Tom amaga un ligero ademán que significa: «Pobre hombre, se le va la cabeza...».

Luego llama a un compañero con pinta de entendido:

—¿Le has visto la pupila? Demasiado dilatada... Parece que tenga los ojos negros... Cuando llegó los tenía verdeazulados... No me da buena espina... Ninguna...

De acuerdo, se me va la cabeza... Se burlan de mi primo, tengo problemas con las pupilas... ¿Qué más da...? Pero ojos negros, no, me niego... Quiero quedarme con mis ojos verdeazulados salpicados de amarillo junquillo, se los debo a mi madre, una joya de familia, casi la única... Cuánto tiempo me han hecho ganar estos ojos... Por lo demás, no me molesta que se me vaya un poco la cabeza... Llevo tanto tiempo encorsetado, querido Tom... Encorsetado por el pánico, el conformismo, el miedo social, el cálculo, los profesores, el afán por hacer bien las cosas... Ahora, al borde del agujero-nada, no me desagrada balbucear en libertad, aunque tenga que ser porque el gran salto ya no queda tan lejos. Avanzo por el trampolín. Ni siquiera tengo miedo. Ya veremos qué pasa.

En esta sala de espera, sigo corriendo sin parar detrás del colibrí sol en miniatura. No entiendo por qué Michel ya no me espera sentado en el banco del parque Monceau. ¿Cómo se las ha ingeniado para dar conmigo en esta elegante clínica de Neuilly? ¿Será esto el final? ¿Quién puede asegurarme que no esté ya más allá del final, o sea, muerto? ¿Por qué nadie se atreve a decírmelo? ¿A dónde ha ido el 'señor' Montoya? ¿Han avisado a Vita? ¿Quién ha ganado el partido de tenis? ¿Quién lo perderá? Y esa poderosa águila imaginada, ¿de dónde venía? Por fin empiezo a entender: estoy muerto, está claro, basta con ver la cara de Tom y de su colega, pero al mismo tiempo me oigo pensar que estoy muerto, lo que significa que mi cerebro sigue estando irrigado por una sangre ágil y roja, y que por lo tanto sigo vivo, aunque bueno, no del todo... ¿Cómo saberlo?

Al cabo de poco, Tom Hanks y su colega se eclipsan detrás de la Gran Eminencia que Archi ha llamado de urgencia. Un hombre apuesto. Con una dosis de vulgaridad difusa. Careto de persona de mundo sin labios bien ceñido en su atuendo *sportswear* de fin de semana. Uno de esos tipos que habría podido conocer en Portofino o en el Corviglia Club de Saint-Moritz cuando Vita me obligaba a frecuentar esta clase de lugares con la excusa de que un escritor debe experimentar toda la gama de las comedias humanas. A Archi le encantan los varones de esta especie. Sonrisa todoterreno, modales formales, dentadura feroz, planos faciales prominentes. Depredadores esnobs y ligones que se fichan entre sí, se intercambian sus mujeres, no le niegan nada a su hedonismo ávido y un tanto sospechoso. Esta Gran Eminencia escupe destellos de satisfacción por los ojos. Está encantado de conocerse. Y encantado, claro está, con todo el opulento entramado que se ha construido a golpe de bisturí. Encantado con su esposa, imagino, que antaño tal vez fuera deslumbrante pero que ahora se marchita a vista de ojo, encantado con sus amantes-trofeo, con sus radiantes vacaciones, con su potente limusina, con sus hijos ya colocados en la banca, la comunicación, el *business*...

Me recuerda, a saber por qué, al marido número uno o dos de Françoise Sagan. Era un editor con el que me había cruzado unas cuantas veces, un tal Guy, creo, cuya foto aparecía a menudo en la *Paris-Match* o en la *Ciné-Monde*. Un guaperas que le había prometido a Françoise casarse con ella si la escritora sobrevivía a su accidente de Jaguar, dado que la Sagan de la época era una mina de oro para un editor. Françoise había sobrevivido. Él se había casado con ella. Para semanas más tarde largarse del brazo de un bellezón que se parecía a Ava Gardner. ¡Pobre Françoise! Una ratita contra una diosa. Una lucha imposible. Lo pasó muy mal. Puede que hasta por un tiempo le dieran ganas de morirse de verdad. Lo más sorprendente es que treinta años más tarde, en Courchevel, la propia Françoise tuvo una aventura con la auténtica Ava, por aquel entonces en caída libre. Una Ava abotargada por la ginebra y que habría hecho cualquier cosa con tal de que alguien le recordara su deslumbrante belleza del pasado. Una venganza de una noche. Y fue Ava, la exdiva absoluta, quien abordó a la pequeña Françoise completamente escondida bajo sus cabellos cual paca de heno. En fin, eso es lo que cuentan. A mí me llegó la información a través de una chica que formaba parte del Sagan-Circus de aquella época. No debe de ser del todo exacta, pero tampoco imposible. Si no me muero, indagaré.

En el fondo, estoy contentísimo porque, gracias a mi corazón vacilante y a través de un tortuoso laberinto mental, me reencuentro con mi querida Françoise en este fastidioso momento de mi desvarío. Esta mujer, tengo que decirlo, siempre ha estado ahí, en mi vida, cuando las cosas iban mal. Por pura deferencia, tacto o bondad gratuita. Tampoco es que hayamos sido íntimos, ni cómplices nocturnos, ni hermanos de parranda, pero Françoise tenía un verdadero don para presentarse en el momento justo en mi horizonte. Un San Bernardo flacucho. Una géminis deliciosa. En otros tiempos, llegaba incluso a recetarme remedios muy particulares para curar mis penas del corazón.

—¿Tienes mal de amores, cariñito? ¿Te ha dejado? Ya, eso duele, yo lo sé... Con Guy tuve un buen maestro, créeme, y no solo con él... Ahora, durante una semana me vas a tomar tres dosis diarias de *Un amor de Swann*, mañana, tarde y noche, y, antes de acostarte, cinco páginas de *La prisionera*, las que sean... ¡Marcel va de lujo para los pupas del amor! Si con eso no se te pasa, probaremos con Fitzgerald, Chéjov o Baudelaire; ya verás, eso pone en perspectiva las desgracias, despeja los bronquios, «ensancha el alma», como decía la fantasiosa de Madame de La Fayette, aunque en realidad no es santa de mi devoción... A mí, el romance, la poesía, eso es lo que normalmente me cura... En caso de desasosiego absoluto, lo complementaremos con música de la buena, Schubert, Bach, etc. Pero la melodía, pese a todo, funciona mejor con las palabras...

No salgo de mi asombro por haberme reencontrado con Françoise aquí, entre la Gran Eminencia, Tom Hanks y mi Michel convertido en algodón de azúcar y mosquitera. Ha oído que se hablaba de ella y en un pispás se ha plantado aquí. Se queda aparte, como en la vida real, discreta libélula, pese a ser la persona más importante de la compañía. Veo que se apresura a ir a ponerse ñoña con Michel, siempre le gustaron los cantantes yeyé. ¿Qué se contarán el uno al otro? ¿Irá ella a escribirle una canción como hizo con Johnny? Los observo. La luz pasa a través de sus cuerpos. Dos fantasmas de carne y hueso invisibles. Los quiero mucho, a estos dos translúcidos ya devorados. Está claro que intentan decirme algo. Quizá me están esperando.

La gran ventaja de mi pequeño delirio y de todos los fantasmas que de buenas a primeras surgen en él es que eso me dispensa de prestarle atención a una realidad que, desde que apareció el colibrí inmóvil, no acaba de evolucionar a mi favor. Todavía me resulta imposible saber qué ha pasado realmente en lo que respecta a mi corazón, pero noto claramente que flaquea, se hunde, se apaga, ya no se opone con firmeza a los pensamientos abracadabrantes que se atropellan entre sí. Estiro la pata. Se acabaron el orden y la disciplina. Tampoco es desagradable.

En cuanto recobro la lucidez, me pregunto de todos modos por qué me cuesta tanto recordar mi apellido y mi edad cuando podría exhumar mil y un detalles sobre el marido de Françoise, el Thunderbird de papá, el primo Entusiasmo, Milady de Winter, los mambos de Paradis-Plage o el jersey de ochos de Michel. Como si mi máquina interna, encerrada en su jungla de sinapsis, hubiera decidido asignarme a una secuencia específica del pasado al mismo tiempo que me prohíbe acceder a las cosas inmediatas que nadie olvida nunca. Siempre he desconfiado de este yo-memoria atiborrado de pasado que no va a cosechar más que recuerdos escogidos al azar. Funciona como una quinta columna, enemiga acérrima y gesticulante, siempre dispuesta a facilitar la intrusión de un pasado de tres al cuarto, de obsesiones indeseables, de malas sensaciones de una época que ya no existe, que no nos apetece revisitar forzosamente, al mismo tiempo que desatiende y esconde lo esencial, que sería como un bálsamo en los momentos más duros. Todo eso para decir que a Michel, a Françoise e incluso a ese Guy que se las daba de Gran Eminencia, en realidad no los ha convocado mi primer yo en esta sala de espera, sino más bien el segundo, o el tercero si es que lo hay. Pero ya que están aquí, tan atentos, tan preocupados por mi honor, tan deseosos de que vuelva a poner mis ideas y mis percepciones en su sitio, me sentiría mal por expulsarlos. Ya tendría tiempo de sobra después, si es que hay un después, de negociar un buen pacto con mi pasado. Después de todo, él y yo compartimos un poco la misma historia.

Vita llegó una hora más tarde. Grandiosa. Avisada por Archi, quien, por lo que lo conozco, seguro que ha aprovechado la ocasión para proponerle una cena a solas que ella evidentemente habrá rechazado. Se arrodilla junto a mi cabecera. Me besa los párpados. Sus labios, su mano en mi frente, su aliento afrutado, sus gestos frescos me devuelven durante segundos el buen sabor de la vida feliz. Su mirada me envuelve. Es una mirada tierna y sedosa que, con sus movimientos, teje a mi alrededor un capullo de angelitos de la guarda. Esa mirada me dice que no es el momento de tirar la toalla. Ni de desfallecer como un aficionado. Lo que es seguro y me tranquiliza es que no ha venido hasta mi cabecera para despedirse. Es el momento perfecto de aliarme por completo con su nombre, que yo adoro, ese nombre que al principio, cuando la conocía poco, me remitía indefectiblemente a la amante de Virginia Woolf, aunque aquella asociación de ideas no duró mucho tiempo, porque Vita era italiana, y por ende lo contrario de una inglesa, y lo contrario de una mujer de mujeres... Delante de ella, sé que no debo mostrarme así de derrotado y abatido mucho tiempo, puesto que uno jamás debe arriesgarse a fatigar el amor de una criatura de su temple. Trato de decírselo. Mis palabras encallan de nuevo. Tom Hanks me prepara un pinchazo de algo. La mano de Vita me acompaña entre la niebla. Todo se vuelve confuso. Silencioso. Lenta inmersión en mí mismo. Voy a bordo de un submarino dentro de un yo océano. Vita centellea por encima del agua como un faro que me señala las escarpaduras y los arrecifes de una costa salvaje. Después de todo, si tengo que morir, mejor morir ahora, mejor cruzar tranquilo el «arroyo no profundo» durante este instante tan hermoso, tan suave, tan pacífico. Sonidos lejanos vacilantes. Son corrientes de palabras que vienen a lamerme. No me apetece regresar demasiado rápido a la superficie. Ni dar explicaciones a los demás humanos que hablan en voz baja alrededor de mi cama.

Al atravesar esta zona tan cercana al vacío y a la extrema sensibilidad, me he sentido aspirado por otro fragmento de pasado que, como un viejo campo magnético que vuelve a funcionar, debe de llevar mucho tiempo esperándome allí.

En este pasado soy muy joven, todavía casi un niño, y estoy de pie, a la hora más calurosa, en una ciudad aplastada por la luz. En mi casa, en el noble caserón cubierto de Santa Rita, todos chapotean en un sensual sopor. Ganas de huir de ellos. De respirar otros aires. De hacerles saber, ya, que yo no soy como ellos. El siroco seca las piedras y el paisaje. Se cuela entre las callejuelas, lanza sus aros de aire ardiendo sobre cada ventana, se enrolla alrededor de los minaretes, levanta los remolinos de polvo que giran y giran como derviches de viento. A derecha y a izquierda, falsos pimenteros, montones de mimosas, higueras bíblicas, agaves azules cuya acerada punta quiere tatuarme al pasar. Cada una de mis pisadas se hunde en el asfalto reblandecido por el fuego celeste. A la sombra corta de los porches, ancianos tranquilos mascan dátiles mientras juegan con patas de pollo y ristras de cuentas de ámbar. En mis pulmones, moléculas de aire que en otras épocas tal vez se alojaran en el pecho de un cónsul romano, de una garza o de un caballero otomano.

Estoy deslumbrado. Petrificado. Sumergido en segundos que contienen, cada uno, la densidad de una vida. El tiempo instila su primer tictac de reloj en mi cuerpo, que hasta entonces se confundía con la eternidad del agua o de las piedras. Un burro me sigue, luego me precede, por el camino que lleva al mar. Una duna. Trepo por ella. Alcanzo su cumbre, desde donde puedo contemplar la inmensa playa desierta perfumada de algas y madroños. Un águila planea por encima de mi cabeza. Se parece, aunque esto todavía no lo sé, a la poderosa águila imaginada que me alzó mientras rodaba por la arcilla machacada de la pista de tenis.

Ahora el águila revolotea a cámara lenta. Con su inmensa ala, afilada como un estrave, surca el mar, hace nacer en él un chorro alto de espuma que cae sobre mi rostro. Bautismo. Todavía ignoro lo que es un bautismo. Solo siento que acabo de abandonar la naturaleza para entrar en la historia de los hombres. La sensación ha precedido a la idea. Siempre ocurre así.

Por pura intuición sé que este instante empapado de pasado-presente dividirá mi existencia para siempre. Que no habrá que dejar escapar ni pasar por alto nada de lo que se me concede o se me concederá vivir. Asiento. Comprendo lo esencial. Las flores resplandecen y se apagan. Los días nacen y declinan. El tiempo devora cada cosa. Todo se cumple según un orden regular y respetable. Digo sí a la belleza, a la naturaleza, al sol. Por primera vez encuentro mi lugar exacto en el interior de una ternura envolvente y cósmica. No hay razón alguna para temblar. Que empiece a desfilar mi vida. No tengo miedo.

Tras varias exploraciones complejas, la Gran Eminencia se decide a hablarme «de hombre a hombre» (usa esa expresión):

—¡Bueno, pues tenemos trabajo! Aneurisma, válvula, aorta y *toda la pesca*... Le ahorraré los detalles... Va a haber que poner un poco de orden en todo este follón... ¿Sabe usted ese tubo gordo que sale del lavabo? Pues verá, tiene la forma de una aorta...

Se rasca el cuello. Chasquea los dedos para llamar la atención de Tom Hanks, que enseguida le lleva un vaso de agua. No le da las gracias.

—... y la suya, su aorta, créame, la tiene toda hinchada en un sitio malo, abombada, barrigona... Un cuello de pelícano... Algún antepasado, papá, mamá, el abuelito, quizá algún antiguo ancestro, le ha dejado en herencia esta putada, y usted ha agravado el asunto con un temperamento bilioso... Es usted de los que se preocupan por todo, ¿verdad? Por naderías, ya veo... Pues bueno, ha llegado el momento, ahora toca pasar por caja... Nadie se libra, heredamos una tara no demasiado grave, un mínimo defecto de fábrica, y luego nosotros, con nuestras penas, nuestras lamentables competiciones sociales, nuestros problemas de pasta, nuestras vanidades, nuestras preocupaciones por el amor, la vida de oficina, las luchas diarias, cargamos las tintas, forzamos demasiado la máquina... Y, en el mejor momento, revienta... Le pasa a gente de lo mejorcito, ¿sabe? Deportistas, personas jovencísimas, atletas... ¿Alguien le ha dado un disgusto recientemente? A mí puede contármelo todo... No se olvide de que voy a hurgar dentro de su pecho, así que, de todas formas, ya veré todo lo que haya que ver...

Me mira fijamente con su ojo rapaz:

—... Tendrá que contarme, ¿eh?... Soy fontanero, de acuerdo, pero también me ocupo del *software*, de las almas, si lo prefiere... Entre la fontanería y el alma hay una conexión directa... Y yo, yo soy especialista en esa conexión...

Me encantaría contestarle, darle conversación, argumentar a favor de la fontanería o de la conexión, pero mis palabras no cruzan ni dientes ni labios. Lo cual, al parecer, no le molesta a nadie. Él prosigue:

—... Sí, en el mercado del *software*, los loqueros, los curas, los chamanes, los videntes, los astrólogos nos hacen la competencia, pero con ellos la cosa nunca va en serio... No conocen la anatomía... Y la anatomía, querido mío, es el destino... Por cierto, el sexo, ¿funciona como usted quiere?

A eso también me encantaría responder... Pero se me adelanta...

—... Porque el sexo, ¿sabe usted?, está conectado con el corazón, y eso lo resume todo... El alma, las penas, la familia, el miedo, el amor, la guerra, la competición... El sexo es la conexión completa, el gran intercambiador, una mezcla perfecta de cuerpo y alma...

Me mira por el rabillo del ojo, como si yo fuera un pequeño objeto abollado. Qué irritante. Mi mente se subleva, reúne a sus tropas diezmadas, intenta en vano lanzar a la batalla un resto de vigor. La Gran Eminencia ya no me escucha. Para él es mucho más fácil que al final yo no haya dicho nada.

—... Yo le arreglaré todo eso en un pispás... Considérese afortunado, primero, porque soy el mejor, se lo digo con toda modestia, el mejor de la profesión, el «*Paganini del cuore*», como acaba de escribir una periodista muy competente en el *Corriere della Sera*... Segundo, porque sin saberlo pertenece usted al círculo de amigos de la muerte súbita y le conviene, créame, no entretenerse demasiado por esos lares... Sin su pequeño vértigo en la pista de tenis, sin nuestras investigaciones y mi diagnóstico, podría haber seguido viviendo con esta bomba de efecto retardado bien enganchada debajo del plexo hasta que, de repente, bum, un día habría explotado por sorpresa mientras usted subía las escaleras o se follaba a su novia... Menuda cara habría puesto, ¿no? Créame, no es lo ideal para empezar el día... Aunque, por descontado, si la muerte le tienta, se puede aplazar...

El móvil le vibra. Muestra la expresión melosa de quien habla con su amante-trofeo:

—Sí, cariño, nos vemos después, te mando al chófer, yo cogeré un taxi...

Va a largarse.

—... Así que no queda otra, ¿eh?, hay que operar... Le serraré el pecho... Cambio la válvula, le pongo un parche de cerdo en la aorta, espero que no tenga nada en contra de los cerdos, son adorables y tienen unos trocitos que se adaptan divinamente al humano, lo que por otra parte dice mucho de nuestra verdadera naturaleza... No es nada del otro mundo, se lo garantizo, usted estará dormido... Tres o cuatro posibilidades sobre cien de quedarse en el sitio, no más... Con el corazón es siempre así... *Heart is a silent killer...* Un cabroncete que sirve para amar y que mata sin avisar, el corazón... Siempre preciso, fatal, milimétrico...

Vamos a hacer dos o tres escáneres, cuatro menudencias preparatorias, lo limpiamos, lo rasuramos, usted se deja mimar, y nos vemos de nuevo en el quirófano... ¿Le parece bien?

En ese momento, y aunque hubiera podido, no me habría apetecido contarle mi vida. Desconfianza. Instinto. Niebla mental. Dicho lo cual, efectivamente, *alguien* me había dado un disgusto serio dos o tres meses antes... Un asunto de familia, no muy bonito, pero bueno, tampoco como para morirse... Me habían *roto el corazón*, iba yo diciéndoles a unos y a otros... Hay expresiones como esa que convendría evitar. Si sobrevivo a esta putada de cuello de pelícano, si salgo indemne de lo que se me viene encima, volveré a sacar el tema. Pero bueno, ni siquiera eso es seguro. Ya veremos.

Tres o cuatro posibilidades sobre cien. Estadísticamente razonable. Menos probable que un amor desgraciado. Mucho más que morir, igual que Esquilo, por el impacto de una tortuga en la cabeza. Lo más urgente: testamento, papeleo, despedirme de unos y de otros... por si acaso. Preferiría, ¡claro que sí!, pulsar el botón de rebobinar de la madeja. Dar marcha atrás en el tiempo. Borrar los errores. Pasar una velada con mi padre en Paradis-Plage. Charlar con el señor Rachid. Visitar la pampa en compañía de Archi. Encontrar rimas para Michel. Leer *Albertine desaparecida* por primera vez. Aprender a bailar el mambo. Charlar con el primo Entusiasmo. Pedirle una receta a Françoise. Aclarar algunos malentendidos pendientes. Tomarme el tiempo de retocar esto o aquello. Etcétera. Pero las cosas son lo que son. Y nadie me pregunta *qué preferiría yo. Amor fati. Amor fati. Amor fati.* ¿Quieres reírte? Nunca he tenido en gran estima a los estoicos. Unos farsantes. Unos virtuosos por defecto. Tan duchos ellos, tan torvos y prejesuíticos, en rehuir el placer de vivir. ¿Desde cuándo y por qué deberíamos consentir el infortunio? Siempre he tenido ganas de pisotear teóricamente a esta tribu biófoba y a sus retoños modernos. Mientras tanto, debo poner un poco de orden.

Y esto pese a que tengo un amigo, un hermano, Bernard, un monstruo de energía, nietzscheano de envergadura, aventurero de mil y una vidas (se apellida Lévy, pero yo lo llamo LesVies, «las vidas», que en francés se pronuncia igual), que siempre me dice que, para disuadir a la muerte, para quitarle las ganas de devorarnos, sobre todo hay que plantarle cara y *no estar listo*. Porque esta muerte golosa y devoradora, dado el caso, es bastante comprensiva. Mata, está claro, ya que es esa su razón de ser, pero Bernard me asegura que, a igualdad de botín, puede que devore en primer lugar a los infelices que están listos, que han concluido su obra y puesto en orden sus papeles, antes que a los humanos que viven en la improvisación, el desorden, la falta de preparación, la urgencia. Bernard se niega a estar listo. Siempre hay diez o veinte obras inacabadas en su agenda. La muerte vendrá, seguro, también a por él, pero él quiere verla de lejos, negociar con ella, aflojarle esto, arrebatarle lo otro, reclamar una prórroga suplementaria, pelear cada batalla, dejar claro que todavía necesita algo de tiempo, para por fin perder, imposible hacerlo de otra forma, pero después de haber luchado con uñas y dientes; y, por mucho que yo todavía no haya abandonado mi religión, creo que no está necesariamente equivocado. A veces le cito la última escena del *Coriolano* de Shakespeare («*readiness is all...*»), pero no quiere saber nada de eso. Según él, Shakespeare quería decir lo contrario de lo que se le hace decir. Es un punto de vista. Ni verdadero ni falso. De todas formas, que cada cual decida por sí mismo.

Sobre el mismo tema, hay otra historia que el propio Fellini contaba y que acaba de convencerme: durante el rodaje de La *Dolce Vita*, al enorme Federico, melancólico de repente, le entran ganas de ir al cine, solo, no puede esperar, para ver una de romanos en tecnicolor con Hedy Lamar y Victor Mature. Abandona discretamente los estudios de Cinecittà, entra en una oscura sala del barrio de Sant'Angelo, empieza la película, *Sansón y Dalila*, y oye ruido detrás de él, un espectador que llega tarde, más bien una espectadora que molesta a todo el mundo, no se disculpa y que, guiada por el haz de luz de la acomodadora, avanza hacia él. Fellini se da la vuelta para mandar callar a la intrusa y ve entonces a una señora anciana demasiado maquillada, vulgar, morruda, de pechos enormes, no muy distinta de las que él mismo contrata para sus extravagantes escenas romanas, y la señora cruza de repente la mirada con este espectador distinto al resto. Fellini reconoce enseguida a la muerte, que, encantada de toparse con una presa tan ilustre, ya se relame, le dirige un pequeño gesto imperioso con la mano, «*vieni, vieni, vieni...*» (con la melodía de una futura canción de Paolo Conte, porque la muerte ya conoce los éxitos que vendrán...), como diciendo «vamos, date prisa, es la hora, tengo más cosas que hacer...». Pero Fellini no lo entiende así, quiere ver el final de esa película que lo apasiona, que, por extraño que parezca, necesita para alimentar su propio guion averiado, y sin andarse con rodeos le dice a la señora maquillada... «Vuelve a pasar otro día, no estoy listo... Tengo que ver sin falta cómo Sansón destruye el templo de los filisteos y cómo Dalila se las apaña para cortarle el pelo...» y, sin el menor temor o pánico, le da tranquilamente la espalda... La muerte, al parecer —sobre todo si estamos dispuestos a creer al mentiroso de Federico, aunque haya tantísima verdad de base en esa mentira...—, la muerte, sin lugar a dudas cinéfila, opino yo, se cohíbe entonces totalmente, reverente ante el genio en plena faena, para luego escabullirse de allí sin pedir la vuelta. Eso es justo lo que yo debo hacer. Darme aires de hombre ocupado, solicitado, absorto, sin ninguna prisa por tirar la toalla, poco dispuesto, y convencidísimo de la importancia de las cosas que todavía tiene pendientes en la Tierra. ¿Sabré hacerlo? ¿Me atreveré?

Pero la muerte no siempre es tan dócil.

Y lo trágico, lo ridículo, lo risible de todo este asunto es el efecto sorpresa que la muerte, si se le antoja, puede emplear cual estocada fulgurante secreta... Está uno jugando al tenis, viendo una película, tan ricamente y lleno de ganas de vivir, y en un abrir y cerrar de ojos la existencia, sea la existencia que sea, se para en seco, y uno se estrella contra un instante cualquiera, una fracción de tiempo insignificante que, galopando a lomos de un rayo, cobra más importancia que las decenas de años que uno lleve vividos.

En las imágenes de archivo, me encanta ver a esas personas, los hermanos Kennedy, por ejemplo, a las que ya no les quedan más que segundos de vida, y que sonríen, que se las prometen felices para siempre y que... O la foto de James Dean, más guapo que un dios, cuando se mete de un salto en su Porsche cinco minutos antes de... Me imagino también a Julio César apareciendo glorioso en el Senado durante los idus de marzo, o a los amantes de Pearl Harbour, de las Torres Gemelas, de Pompeya, un parpadeo antes del final... En cada ocasión, es la muerte la que se abalanza, apuñala, destripa, sepulta, quema... por sorpresa. Sin tiempo de darse la vuelta. En mi caso, a todas luces más modesto, poco faltó.

Hace tiempo leí la confesión de una neoyorquina de California, Joan no sé qué más, una cronista de la izquierda caviar, sobre estos asuntos de rayos asesinos.

En la chimenea de su bonito piso de Manhattan, enciende un fuego, se prepara para una velada hogareña amenizada por las voces de Glenn Gould y Frank Sinatra, le sirve un whisky a su adorado marido, cómplice de toda una vida, bien arrebujado en la mantita de *tweed* que ella le ha comprado en Bergdorf, atiza el fuego, como de costumbre da gracias a la vida que tan bien la protege, busca mentalmente el íncipit de la novela de amor que tiene pensado escribir, se da la vuelta y tiende el vaso en el que tintinean los hielos a su marido, que, sin despedida ni suspiro audible, sin nada, se ha quedado tieso en el sitio.

Recuerdo que la señora que lo contó citaba una tragedia de Eurípides, no fui luego a comprobarlo, en la que el héroe podía evitar morir de esa forma, visto y no visto, si alguien, avisado *in extremis* por los responsables del Olimpo, se ofrecía a fallecer en su lugar... Ahora bien, ni siquiera a los semidioses griegos, que contaban con importantes contactos celestes, les resultaba fácil encontrar a ese alguien. Hasta donde yo recuerdo, era la esposa del héroe la que, en el caso de Eurípides, aceptaba morir en el lugar de su marido, que, a cambio, prometía no volver a mirar a ninguna otra mujer.

¿Haría Vita algo así por mí? ¿Y yo por ella? ¿Seguiría yo deseoso de vivir si ella aceptara morir en mi lugar? ¿Estaría ella dispuesta a continuar con su buena vida si yo ya no estuviera? Deberíamos prestar atención a estos detalles no tan secundarios antes de lanzarnos de cabeza a la eventual pasión. Si salgo de esta, le propondré a Vita un buen contrato de amor lúcido en el que todo quedará registrado negro sobre blanco. Nunca se sabe.

Tom Hanks me informa de que acaban de ingresar a un Actor Famoso en la habitación de al lado. Van a operarlo después que a mí. También a él de la aorta. Con una complicación extra debida a sus ventrículos demasiado grasos. Me informan de que vocifera como un condenado, gruñe, se queja por todo, hace proposiciones obscenas a las enfermeras, pero van a calmarlo con drogas sólidas. Una decena de paparazis no ha tardado en instalarse delante de la clínica. Uno de ellos, encaramado en todo lo alto de la farola que llega a la altura de mi balcón, me dirige pequeños gestos de simpatía para suplicarme que lo deje pasar por mi habitación, y yo con mucho gusto lo ayudaría si, cual pobre Gulliver, no estuviera atado por los cables eléctricos que me unen a los monitores de control.

Sería totalmente incapaz de explicarlo, pero, durante unos minutos, he tenido la fugaz certeza de que la muerte iba a escoger entre el Actor y yo.

Desde el punto de vista de la muerte, una personalidad de su calibre es sin duda más provechosa. Enorme cobertura de prensa garantizada. Telediario de la noche y del día siguiente. Homenaje nacional. Capilla ardiente en la Madeleine o tal vez en les Invalides. Si la muerte quiere dar un gran golpe, estoy fuera de peligro.

—Tendrá que disculparlo si lo molesta —se excusa Tom—. Los actores, ya sabe como son, siempre se pasan un poco de castaño oscuro... Caprichos y tal... En cualquier caso, le debemos muy buenos momentos, ¿no cree? ¿Se acuerda de aquella película con...?

Ha olvidado el título de la película y el nombre de la coprotagonista. Yo lo recuerdo sobre todo por sus actuaciones de antaño en la Comédie-Française, cuando hacía de Lorenzaccio, de Perdican, de Don Carlos o de Polieucto. También hubo entre él y yo una noche estrellada en Aviñón, por un *Rey Lear* que había facilitado tremendamente mis grandes maniobras con una atractiva turista romántica. Era un comediante capaz de hacer de ogro y de galán. De tocar el pífano y el fagot gracias a su voz de vientre que a veces le subía hasta el alma. Después lo perdí un poco de vista cuando se convirtió en monstruo sagrado del cine, pero no me habría disgustado ser como él, un tipo al que todo el mundo reconoce cuando aparece en Seúl, en Berlín o en Río. Su proximidad me conmueve. Un fino tabique separa su cabecera de la mía. Imagino que la Gran Eminencia estará entusiasmado. Seguro que acaba despachándome rápidamente para concentrarse en su prestigioso enfermo. Todavía no sé si debo preocuparme.

Antes de, llegado el caso, *pasar a mejor vida*, elaboro la lista de diez cosas que me faltarían por conseguir. Que todavía no he llevado a cabo. De las que ya debería haberme ocupado. Cuyo logro formaba parte de mi programa moral, a ser posible antes de palmarla en una clínica de Neuilly por culpa de una aorta defectuosa y destrozada brutalmente por un sol en miniatura.

1) Escribir un libro, uno solo, con el que obtuviera la garantía certificada por las altas esferas de que iba a durar más que un coche o un perro.

2) Hacer desaparecer todo rastro de mis vilezas, de mis malas acciones, de mis villanías, de mis transigencias, de mis aventuras sexuales bizarras o poco halagüeñas, con el fin de dejar tras de mí un expediente muy limpio aunque poco creíble.

3) Escoger un lugar, en alguna parte del mundo, preferentemente una isla del sur, y levantar en él una pequeña construcción de piedra seca, que los lagartos y los gatos salvajes invadirían enseguida, para acoger mis cenizas y luego las de Vita, a condición, por descontado, de que ella despida con modales altivos, como Penélope, a todos los candidatos a sucederme entre sus brazos.

4) Aprender de verdad el italiano, que sigue siendo, por encima de todo lo que he podido oír en mi vida, el conjunto de sonidos, y por tanto el conjunto de sentimientos agradables inducidos por dichos sonidos, que me ha procurado el mayor número de deleites musicales.

5) Purgarme el alma de la rabia que me inspiran algunos hombres y mujeres a quienes estuve unido y me dañaron, traicionaron o hirieron inútilmente ayer o antes de ayer. Básicamente porque acabo de comprender, demasiado tarde, dado que me encuentro a las puertas del agujero-nada, que el deseo de venganza pudre la existencia, en vano.

6) Encontrar, a través de un anuncio en el periódico, un Thunderbird rutilante y conducirlo en una carretera de la

costa una tarde de primavera con un traje de lino perfectamente arrugado y un sombrero panamá de ala ancha.

7) Demostrarme a mí mismo, al menos una vez, que soy valiente. Que puedo sacrificarme y olvidar por el prójimo mi vida, mi ombligo, mi ego, mi beneficio. Comprobar sin dilación que dentro de mí hay algo más grande que yo.

8) Escribir cartas memorables a mi segundo hijo, a mi hija, a mi amigo LesVies, a mi editor, al señor Rachid, a mis amantes más notables. Dejar un mensaje desencantado, paternal y afable en el buzón de voz de mi hijo mayor. Decirle que lo he echado de menos. Nada lacrimógeno a ser posible.

9) Pedir a quienes he querido con desidia que me perdonen. Aclararles que ahora los quiero con ardor. Que intervendré a su favor si ha lugar y si todavía cuento con un remanente de influencia en el hipotético más allá.

10) Tener por fin un segundo servicio de tenis fulminante, preciso, bien *liftado*. De los que paralizan al adversario y le provocan un rictus de despecho y admiración.

La Gran Eminencia vuelve a plantear su pregunta.

—¿Dentro de unos días le va bien?

Debido a las drogas tranquilizantes, me resulta imposible comprender el sentido de estas palabras, que sin embargo sí consigo contabilizar. Hay siete. Se someten humildemente al movimiento de sus labios finos. Se agarran a unas dentales enigmáticas cuyo sentido se me escapa. Me gustaría responder, pero una pregunta se sigue demorando en mi boca, me baila encima de la lengua, se sacude contra mis encías, quiere salir. No logro retenerla.

—¿Fue usted quien operó a Michel?

—¿Michel? ¿Qué Michel?

—El que escribía canciones...

—¿Es famoso? Porque ya sabe, no me gustan mucho los desconocidos... Usted mismo, de no ser porque mi viejo amigo Montoya me llamó, no tengo claro que me hubiese molestado...

Intento silbarle de forma penosa algunos compases de *Paradis blanc*...

—Ya, eso no tiene pinta de ser muy famoso... No, creo que no conozco al tal Michel...

Frente a mis vocalizaciones lamentables, a mis pupilas dilatadas, a mi mente cocida, la Gran Eminencia siente lástima. Apenas me tiene en cuenta.

—¿Sabe? —prosigue—. Me paso la vida arreglando el corazón de la gente... Dos o tres al día... Así que «Michels» seguramente habré abierto decenas...

Luego da instrucciones al residente antes de salir corriendo como un ladrón.

No obstante, encuentra el tiempo de volver para preguntar algo que considera más serio:

—Entonces, dígame, ¿es usted capricornio?

—Sí... Eso creo... La astrología, ¿sabe?, no va demasiado conmigo...

—No pasa nada... Tenga en cuenta que yo ya me había informado, era solo para que me lo confirmara... Siempre me salen bien los capricornio... Se lo digo porque mi vidente se fija mucho en el signo zodiacal de mis pacientes... Ahora mismo me recomienda a los nacidos en diciembre o en enero... Si usted hubiera sido escorpio o virgo, se lo habría endosado a otro compañero... Todos tenemos nuestras pequeñas manías, permítame que le diga... El Actor Famoso, su vecino, es leo, y eso me fastidia, pero no por ello voy a privarme del pecho de un famoso... Le he pedido a mi vidente que por esta vez haga la vista gorda...

Sigue teniendo otra cosa más que preguntarme:

—¿La señora que ha venido a verlo era su novia?

—Sí, Vita...

—Ah, Vita, eso es un buen augurio... Una belleza, según dicen... Toda la clínica habla de ella... Vinieron a avisarme a quirófano, pero tampoco era plan de dejar a mi cliente con el pecho abierto para ir a saludar a la señora... Dicho lo cual, me encantaría que me la presentara... Una cenita dentro de poco sería buena idea, ¿no?

Luego llegó el momento delicado entre mi habitación y el quirófano. Tintineos, puertas de ascensor, ruidos varios, plafones pálidos uno detrás de otro, bromas de los enfermeros que me trasladan, con opiniones discrepantes respecto al partido de fútbol de la víspera.

Por fin en la sala de operaciones, donde la Gran Eminencia se entrega a unos ejercicios de flexibilidad. Se parece a un duelista calentando antes de desenvainar la espada o el sable.

Me pinchan con una aguja que me enviará a saber dónde. Tengo que hacer la cuenta atrás, de diez a cero, a sabiendas de que me quedaré dormido entre el siete y el seis. Tom Hanks forma parte del baile. Me aconseja pensar en algo agradable, dulce, un pretexto para viajar cómodo hacia la noche artificial. Una idea bonita, por favor. Como si fuera la última. Aunque si todo sale bien habrá más. Después, todo se apagará, pasaré a la oscuridad mental, me convertiré en río subterráneo, con un posible regreso a la luz.

De todas formas, me han advertido: este tipo de operación provoca una explosión de sueños y recuerdos asombrosos. La cabeza se convierte en una especie de piscina sin fin que no para de aspirar un pasado bien hundido y reflotarlo a la superficie... Como si la memoria al rojo vivo diera vueltas sobre sí misma. Una bola de fuego, un trompo incontrolable, que gira y gira, con chispas y restallidos delirantes... El inconsciente en estado puro... A raudales...Tengo que prepararme, me dicen, para una potente inflación de pasado. Y cuando los recuerdos regresen, me aconsejan, hay que mostrarse amable, acogerlos con garbo, fingir que nos sometemos a su soberanía real... He prometido obedecer... Me he preparado, he esperado la primera explosión... Fue en ese momento cuando, brotando de forma imperiosa, casi sin esperármelo, me llegó la fantasía perfecta, la más tierna que pude convocar. Y me agarré a ella como a las crines de un unicornio.

En dicha fantasía, me encuentro junto a la cabecera de mi madre, feliz de volver a verla, pero al mismo tiempo atormentado porque recuerdo muy bien que en aquel momento, ya tan antiguo, ella vivía sus últimas horas, puede que como yo ahora mismo. Está en su cama, dulce y centenaria, envuelta en sábanas de bonitos encajes, perfumada con unas gotitas de Fracas. Todavía se parece a la actriz Gaby Morlay. Sus ojos verdeazulados salpicados de amarillo junquillo me miran por última vez. Ha decidido acortar su ya demasiado larga vida.

Lo tenemos todo preparado: píldora, adormecimiento rápido y apacible, inyección de insulina, y listo, se acabó. Hay que saber dejar marchar a nuestros futuros difuntos, desearles buen viaje, abandonarlos a las olas negras. Mamá creía en el amor pero no en el cielo. Solo había insistido en que fuera yo quien le tendiera la píldora, después llegaría el médico con su jeringuilla. No fue fácil, pero su sonrisa lo simplificó todo. Una bonita sonrisa al final de una vida en la que las cosas se habían encadenado convenientemente con alegrías, lutos, nacimientos, exilio, valor, bondad.

Cuánto me alegró volver a ver a mamá, allí, justo antes de quedarme dormido bajo los potentes focos operatorios; tengo poco tiempo, pero no quiero abandonarla. A su lado, el último libro que estaba leyendo era —cómo olvidar algo así— *La alegría de vivir* de Zola, le quedan diez páginas para acabarlo, pero ya no le dará tiempo, me pide que le cuente el final de la novela antes de que se marche para siempre, pero yo, tragedia casi igual de trágica que la inminente muerte de mamá, nunca he leído *La alegría de vivir*. Zola siempre me ha aburrido, pese a la rareza de su nombre, que empieza por el final del alfabeto y acaba por el principio, y pese al bonito título de esta novela a todas luces noblemente digna de un adiós al mundo.

Me falta tiempo, cuento con apenas un par de segundos para leer la novela entera, y sobre todo para saber qué ocurre en sus últimas diez páginas, tengo que hacerlo rápido, muy rápido, no quiero sentirme culpable por no haber sabido darle a mamá un último gusto, pero no bastan un par de segundos para leer un libro gordo, jamás lo lograré, es demasiado tarde, la angustia está allí ahogándome, la fantasía que debía ponerme contento deviene en angustia, no me lo perdonaré jamás de los jamases. El anestesista cuenta nueve, ocho... Me fastidia esta carrera a contrarreloj, si al menos hubiera sabido que mamá iba a pedirme algo así, podría haberme inventado tranquilamente que con Zola siempre es la misma historia que acaba en el manicomio, en un piso señorial de la Plaine-de-Monceau o en un cafetín de los barrios pobres entre alcohólicos que reaparecerán en el volumen siguiente, pero, una mentira de última hora, la verdad es que me da apuro... Mamá ha captado mi vergüenza, no quiere que me sienta contrariado por eso, así que la tan encantadora, la tan anciana y tan generosa, me dice: tranquilo, no pasa nada, no te preocupes por eso, cariño, ya habrá tiempo...

Y en ese momento pronuncia esa frase increíble, sublime, sobre todo viniendo de un ser que nunca se ha contado milongas sobre el más allá ni sobre la inmortalidad del alma ni sobre el *Señor* al que ella únicamente se dirigía para arreglar los asuntos mundanos de los miembros de su familia, aunque para ella no existiera desde hacía mucho tiempo.

Con esta frase, esta de aquí, yo tiemblo:

—Ya me contarás...

Siete... seis...

Esas fueron sus últimas palabras.

Ya me contarás...

Una forma de decirme al borde del abismo que, si queremos fingir, el paraíso existe, que ella me precede, que allí me espera. No hace falta creer en la eternidad, cariño, ya que allí nos reencontraremos.

Unos instantes más tarde, la Gran Eminencia me cizalla el tórax como si fuera un pichón. Saja. Enjuta. *Juega con mi corazón* (como una canción de Petula Clark que oíamos a menudo en la *jukebox* de Paradis-Plage), manosea mis ventrículos, repara el tubo gordo abombado barrigón hinchado en un mal sitio, le pega su famoso parche de cerdo que puede que modifique mi temperamento hacia una forma de ser inusitada, hurga y borda que te borda mis arterias durante ocho horas. Les ha echado un vistazo fugaz a los pulmones, ha acariciado mis costillas, tanteado por aquí y por allá. Luego me recose con punto de cruz después de aspirar toda la porquería que flotaba en la zona como los restos de un naufragio. Es un fontanero-artista, un 'maestro', un dedal de oro, un ayudante de sastre de muy alta costura, se lo pasa en grande, su tacto no tiene precio. Es comprensible, porque las rosas de Lachaume o de Moulié que debe enviar en varoniles ramos a las mujeres que lo excitan no las regalan. Lo he calculado: hacen falta dos corazones reparados para regalar mil rosas a mujer-esposa y a mujer-trofeo.

Para mí es menos divertido.

Una travesía por la nada con escalas morbidíferas en bloques de vacío, terrores, inmensidades heladas, torrentes de fósforo, fulgores, pavesas, desprendimientos internos, hacia lo más hondo de uno mismo.

Ningún recuerdo de estos deslizamientos espacio-temporales por el camino de la cima que va del pasado al futuro y refluye a contra corriente como un macareo.

Ningún recuerdo, pero sí sensaciones. Tuve la impresión de morir, de revivir, de morir de nuevo y así sucesivamente hasta el persistente gusto a herrumbre que me queda.

Lo que está claro es que no vi ángeles, ni verdes prados, ni ríos de hidromiel, ni luz al final del túnel, no oí las arpas celestiales ni sentí los suaves céfiros de eternidad sobre mi piel. Solo existió la nada. De donde volví a salir con la absoluta convicción de que el alma no es más que un conjunto sofisticado de reacciones químicas, de chispas, de gelatina electrificada, de chisporroteos, de estremecimientos de obsolescencia programada.

En un momento dado, yo (pero ¿quién es este *yo*?) llegué incluso a salir (o bueno, eso me pareció...) de la carnicería que era mi cuerpo para observarme desde el techo. Había sangre por todas partes. El interior de mi pecho se asemejaba a la tabla de un carnicero salpicada de matojos verdosos por la bilis y de algunos órganos de colores. La Gran Eminencia admiraba la firmeza de sus gestos, hacía cabriolas con dedos expertos, se felicitaba en voz alta en presencia de sus beatos ayudantes. Mi corazón era rojo tomate. Se hundía sereno en un caldo cuyos matices ondulantes hacían de mis entrañas una especie de bandera española anegada en medio del mar.

Sufrimiento, sufrimiento, sufrimiento.

Al despertarme, un suplicio irreal. Una taladradora barrenándome el plexo. Una rata olvidada dentro. Un torturador nazi de la época en la que no era cosa de broma.

Me acuerdo de una frase que me explotó como un petardo en la cabeza en cuanto el dolor apareció: «Tan inútil es pedir piedad a nuestro cuerpo como explayarse con un pulpo». ¿Proust? ¿Mann padre o hijo? ¿Leopardi? ¿Svevo? Un entendido en la materia, supongo.

Antes, yo era un gran consumidor de estas frases circulares y profundas en apariencia. Las utilizaba para darme un aire introspectivo, de persona experimentada en las cosas de la vida. Ahora, me parecen oropeles. No me quedan ganas de posar.

La existencia me lo había ahorrado inexplicablemente hasta entonces. Ningún trato con la aflicción o la desgracia más que de oídas. Estas dos hadas malvadas causaban sus estragos sin pestañear, pero yo me sentía a salvo tras las altas murallas de una total iniquidad que yo acogía no sin cierta vergüenza. Estaba atento a las desdichas del prójimo, combatía la injusticia, me compadecía lo mejor que sabía, pensaba con generosidad, mientras el destino me enviaba en secreto un potente protector exclusivamente para mí. Tales circunstancias hacían que cada segundo que vivía fuera más delicioso que el anterior. No obstante, por primera vez alguien venía a modificar las reglas de este juego totalmente bendito e inicuo. Yo sufría.

Primera dosis de morfina.

Enseguida adoré esta sustancia parduzca y celestial.

Acogí con gratitud su poder de licuación caritativa.

La morfina, me había afirmado Sagan, que la había probado después de su accidente, es «la sangre del diablo».

No es que ella creyera especialmente en el diablo («si crees en el diablo —decía—, estás obligado a creer en Dios, porque estos dos se reparten el trabajo... Y, si crees en Dios, ¿dónde está el problema?»), pero es obvio que no encontró a mano ningún otro nombre para designar al malvado absoluto que pisotea, asola, chupa, corrompe...

Estoy en la misma situación. Pierdo pie. Siento que este diablo en el que no creo está cerca. Merodea. Tienta. Seduce. Recluta. Una única certeza: si este diablo tan diabólico y, si fuera necesario, comprador de almas se presenta en el pico de mi dolor con su pergamino de condena y me propone su contrato clásico («Aquí tienes, firmas aquí y yo te paso un poco de mi sangre opiácea para mitigar tu dolor... ¿Aceptarás tú, a cambio, entregarme tu...?»), firmaría en el acto. Evidentemente. Sin aspavientos. Contentísimo. Cualquier cosa antes que la barrena y la rata nazi.

Hasta entonces, como todos los blandengues, a menudo me había preguntado: ¿habría sabido yo ser un héroe del tipo Brossolette, Cavaillès o Moulin, o de un nivel incluso más bajo, como Paul Meurisse en *El ejército de las sombras*, al que tantísimos escalofríos le debo, si el destino me hubiera lanzado a las garras del ocupante sádico? ¿Habría sido yo capaz, «amigo, ¿oyes tú?»[3], de no delatar los nombres y los escondites de mi círculo pese a los ojos sacados, las uñas arrancadas, las rodillas rotas, los cojones machacados, las plantas de los pies molidas a latigazos? Pues bien, desde que me trataron como a un pichón rebanándome el tórax, tengo la respuesta: lo habría confesado todo *ipso facto*, incluidos los detalles, a mis torturadores insensibles. Todo. Al momento. Y al malvado torturador de la Gestapo no le habría hecho falta ni ensuciarse los guantes. La experiencia me lo ha enseñado: estoy dispuesto a traicionar en el acto, a cambio de una jeringuilla de la sustancia mágica.

Estoy seguro de que un Archibaldo Montoya, hijo de conquistador y conquistador él mismo, habría apretado los dientes

3. En francés «*Ami, entends-tu*», primeras palabras de *Le chant des partisans*, el himno de la Resistencia Francesa durante la ocupación alemana.

antes de suplicarle a la Virgen o de escupirles a los malos con orgullo a la cara.

Seguro de que Bernard, héroe, hijo de héroe, alma intrépida, apuntalado por la idea que él tiene de sí mismo, no habría cantado ni un solo nombre, ni la dirección de ningún escondite, puesto que su blasón debe brillar por los siglos de los siglos.

El propio señor Rachid, con todo lo enclenque que era, se las habría arreglado para morder la píldora de cianuro que probablemente llevaría guardada, ya que nunca se sabe, en su vaporizador de Ventolín o en uno de sus molares amarillos.

Mi caso es distinto.

Debo de ser de naturaleza endeble. Un individuo de complexión débil. Un pusilánime de la vida que ha acabado degenerando. Un héroe de cinco segundos.

En el futuro, tendré que sobrellevar la evidencia de mi cobardía.

Mientras me recortaban con 'maestría', Vita rezaba en una iglesia de Neuilly. Una devoción a la antigua, total, inacabable, dramáticamente católica. Con abundante consumo de velas, ofrendas a la parroquia, confesión, arrebatos eucarísticos. Este tipo de amor, tan poco acorde con mi descreimiento, me complace, me halaga; me excitaría si pudiera... Con esta mujer es imposible limitarse a las mediocridades pasionales que rigen en estos tiempos modernos. El amor de Vita, el suyo por mí todavía más que el mío por ella, ha descalificado la mayoría de las transacciones sexuales sentimentales con las que me había contentado antes de conocerla. Por otro lado, al imaginármela piadosamente recogida, me pregunto: ¿no es absurdo presionar a Dios para que proteja a un bienamado, visto que, si ese Dios existe, es a su omnipotencia a la que por lógica el bienamado en cuestión debe sus tormentos de válvula y de aorta? Pero Vita es así: ella sigue queriendo que en alguna parte exista un jefe justo y severo que lo decide todo, y gracias al cual ella recibiría, por indecoroso privilegio, un trato de favor. Una especie de padrino muy influyente, despiadado, pero tierno con su hija predilecta. No hay ninguna mística en este asunto. En la historia de los concilios y los Padres de la Iglesia, ha habido un gran número de conclusiones, teorías, dogmas de fe, sofismas y argumentos que establecen que Dios, tras conceder a los hombres la libertad, no es necesariamente responsable del mal que tiene lugar en la Tierra. Por instinto, Vita ha debido de apropiarse de toda esa cháchara para construirse su credo personal. Y a mí todo eso me parece absurdo y *sexy*.

Mi hijo pequeño (de mi segunda esposa) se ha instalado en el café de enfrente. Es un soñador. Me lo imagino melancólico, fiel, preocupado. Un verdadero hijo impaciente por reencontrarse con su papá viajero. Hasta ayer mismo me creía invulnerable. Y, de repente, tiene dudas. Si sobrevivo, tendré que llevar a cabo varias hazañas ante sus ojos para recuperar mi estatus heroico. O, si no, mostrarme tal como soy, quebradizo y mortal, para que pueda crecer en paz.

Mi hija había quedado para comer con unas amigas antes de ir a su clase de pilates, pero lo canceló todo a última hora. Por mucho que su *coach* le haya explicado cien veces que la ansiedad y el estrés oxidan las articulaciones y vuelven más profundas las arrugas del entrecejo, ella le ha hecho caso omiso, en nombre del amor que de forma innata nos une. Así que decidió, y yo no lo supe hasta más tarde, pasar una mañana reflexiva en el museo Rodin, por el que tantas veces nos hemos paseado en calidad de padre e hija que se veneran. Se plantó delante de *La puerta del infierno* murmurando a quien correspondiese (otra vez el diablo...) que su padre, a quien quería con todas sus fuerzas, jamás de los jamases pasaría por aquella puerta reservada a los infames. Sé que me adora. Su adoración me intriga. ¿Está dirigida a mí? ¿A la idea que ella por suerte se hace de mí?

Bernard, por su parte, no ha parado de llamar a todo el mundo desde Kabul, donde prepara una ofensiva antitalibana con el hijo del comandante Massoud. Respaldado por su dilatada experiencia, está convencido de que no existe ni un solo problema, ya sea biológico, ético o estratégico, que pueda resistirse a una llamada de teléfono. Se revuelve. No puede estar quieto. Se informa en tiempo real de todo lo que se cuece en mi despedazado pecho. Pide que le envíen mis ecografías por satélite. Ya se ha agenciado los números de móvil del anestesista, las enfermeras, Tom Hanks, la Gran Eminencia. No los dejará en paz. Es su manera de pensar en mí. De transmitirme sus ondas de energía fraternal.

En cuanto a Archi, está en un avión, en algún lugar entre París y Tokio, donde va a encontrarse con un gran importador de soja. Como prueba de fidelidad amical, e incluso de culpabilidad (al fin y al cabo, fue su derechazo lo que lo desencadenó todo), se ha privado del beluga y del Cristal de Roederer que acompañan su bandeja de comida en primera clase. Junto a él, su gran amor-eterno de la temporada no sabe muy bien qué le espera. ¿Un fin de semana en el fin del mundo? ¿El inicio de un verdadero romance? ¿Una historia sin importancia, como tantas otras que ya ha vivido? Ella acepta de antemano cualquier hipótesis. Este Archibaldo Montoya le gusta. A veces se imagina en un 'campo' de la Patagonia, donde un potente perfume a cuero, a cuadra, a tabaco, flota en el aire austral.

Varias decenas de amigos y enemigos, informados de mi situación a través del guirigay de voces urbano, han enviado mensajes. Todo el mundo me quiere, es oficial. Hasta quienes me odian. Antiguas amantes, fieles a su rencor, no se han resistido a los malos pensamientos que tradicionalmente circulan en estos momentos. No se los reprocho. Eso me enseñará a no saber abandonar a una amante dándole la impresión de que todavía la quiero.

El señor Rachid, por su parte, ha debido de dar su paseo diario por las avenidas del Jardin des Plantes. Lo veo como si estuviera allí. Lanza un puñadito de avellanas a una pareja de linces enjaulados. Observa las carpas moteadas del gran estanque. Charla con un camello cuyo hocico lo enternece desde hace tiempo y le recuerda la cara del señor Rachid padre. Por momentos, reza en voz baja y disimulando el movimiento de sus labios piadosos. En su profesión, Dios casi no existe, más vale no reconocer que se acude a él en secreto. Pese a llevar más de veinte años sin vernos, siente una gran tristeza ante la idea de perderme. Se ha olvidado de sus crisis de asma. Por una vez, su vaporizador de Ventolín no le sirve de nada. Se plantea regalárselo a los chimpancés juguetones con los que siente una inexplicable afinidad.

En su despacho de la Rue des Saints-Pères, mi editor Olivier da vueltas. Cancela sus citas. Hace unas cuantas llamadas a varios críticos que tardan en ensalzar la novela que acabo de publicar y que no está funcionando demasiado bien. Al cabo de poco, cuando ya no aguanta más, se decide a pasear un rato por el Boulevard Saint-Germain mientras espera a que Vita lo avise de que la operación ha ido bien. Si no lo llama, por si acaso, se meterá en un taxi que lo lleve a Neuilly. Por lo general, Olivier es pesimista. En él, por lo demás una persona generosísima, dicho temperamento solo se contradice con algún que otro arrebato de esperanza.

Queda mi hijo mayor (de mi primera esposa). Tiene veinticinco años menos que yo y durante mucho tiempo me he visto, reconocido, proyectado, idealizado, a través de él, algo que ha debido de resultarle insoportable a la larga, a juzgar por su temperamento pendenciero. No obstante, me cuesta imaginar lo que hizo, pensó, sintió, lamentó, esperó, mientras me rectificaban la aorta. ¿Estaba al corriente? ¿Tuvo miedo de que me quedara en el sitio? ¿Se había resignado ya? ¿Se arrepentía del retrato desolador que de mí había presentado en su última *novela*? Imposible saberlo puesto que ya no nos hablamos.

Desde que me han cizallado el tórax, tengo la abrumadora sensación de que ya no existe ningún parapeto entre el vacío y yo. En mi cabeza, un pánico nuevo. Con este sabor a precariedad que ensombrece la vida que me queda. Recuerdos buenos y malos, sobre todo malos, aprovechan la ocasión para insinuarse, arremolinarse, asaltarme, propulsarme hacia situaciones lejanas, provocarme con el aplomo de un taimado chantajista que exige el pago de su deuda. Estos recuerdos me imponen un cara a cara no deseado con la persona que yo era y que, sin embargo, llevaba una veintena de años haciendo de todo con tal de que ese pasado demasiado agrio quedara enterrado para siempre en los caminos del olvido. Había taponado sus madrigueras, llenas a rebosar de emociones caducas. Había cerrado con llave todas las salidas. Pero mientras reparaba mi aorta, mientras manipulaba mi corazón, el 'maestro', sin querer, debió de reavivar estos elementos de otra época que yo creía inertes. Recuperaron las fuerzas sin avisar, temiendo sin duda que la nada me tragara antes de que les diera tiempo a atormentarme de nuevo. Igual que esas rosas del desierto que, pese a estar secas en apariencia, se abren de nuevo en cuanto se derraman unas gotas de agua sobre ellas, estos recuerdos se han infiltrado en el presente. Ahora mismo menean la cola. Se ríen de mí. Renacen a su manera. Rebotan contra un sonido, un escalofrío, un color, una palabra.

La Gran Eminencia a veces se digna a visitarme entre cena y cena en la ciudad. Bajo su bata verdosa, entreveo unos mocasines de charol y un pantalón de esmoquin con bandas sedosas. Tiene prisa por irse a cenar, pero ha visto mi foto en *Le Figaro* y eso me ha subido de categoría en su escala.

—¿Entonces es usted escritor? Pues no me lo habría imaginado... ¡Los escritores me impresionan! A veces me digo que yo también podría haberlo intentado... Con todo lo que sé del corazón y sus vericuetos, podría haber creado bonitas historias... En fin, así son las cosas, no se tiene más que una vida, ¿no?... Por cierto, como es usted escritor...

Se muere de ganas. Se apoya en un pie y luego en el otro. Tiene cara de vergüenza por lo que va a pedirme.

—... como es usted escritor, debe de...

Un largo silencio.

—... sí, debe de conocer...

Vacilación.

—... Eeeh, sí, seguro que conoce...

—A ver, ¿a quién?

—... ¿Conoce usted a Amélie Nothomb?

—Sí... Un poco... De vista...

—¿Podría presentármela? Verá, es que la admiro mucho... No he leído ningún libro suyo, pero presiento que podría ser mi artista favorita... En la tele, ¡qué mujer tan distinguida! Me encantan sus labios morados, su lado vampiro, sus caracolillos de pelo alisados sobre su frente de muñeca... A veces me preocupa su mala cara, su aire japonés, ya me entiende, puede que sea por un problema de circulación, debería hacérselo mirar... Pero su humor, su respuesta para todo, su atuendo tan bien elegido, su sombrero de bruja... Se adivina enseguida que es toda una institución... Dígaselo si la ve... ¿Me lo promete?

Me toma el pulso mirándose el reloj. Todavía tiene algo importante que decirme, se le nota. Unas crispaciones ínfimas, que casi parecen tics, arrugan sus mejillas cada diez segundos. ¿Malas noticias? ¿Complicaciones? ¿La fontanería? Oteo en el horizonte un suplemento de dolor, de carnicería, de exploración sangrienta... Con la muerte, en el fondo, ¿quién sabe?

—... Me he enterado de que acaba de publicar usted una novela —suelta por fin en voz baja—. ¡Qué maravilla! Una historia pornográfica, si no lo he entendido mal... A una de mis buenas amigas le ha encantado... Me la ha resumido entera... Así que, dígame, dentro de su cabeza hay fuego puro...Orgías y cosas por el estilo, por lo que ella me ha contado... Normalmente, cuando veo el corazón de un individuo, cuando lo dejo al desnudo, sé enseguida a qué clase de tío me enfrento. Podría decirle a ojo de buen cubero si estoy operando a un banquero, un notario, un piloto de avión, un mahometano, una solterona, un cura... Mejor todavía: veo enseguida si mi cliente ha tenido un disgusto reciente, un mal de amores, un problema de ego... Porque el corazón, ya sabe, se descuadra con los sentimientos... Por cierto, sobre eso trataba mi conferencia anual en el Jockey Club...La titulé: «La incidencia de las emociones en las complicaciones cardiacas»... ¡Un éxito formidable! Todo el mundo tiene una anécdota que contar al respecto... Sin embargo, con su corazón, no vi nada... ¡Nada de nada! Era un corazón de padre tranquilo, un poco acartonado, claro, pero en absoluto un cachondo sexual... Esconde usted bien sus cartas, acabáramos... Tendrá que explicarme eso, ¿eh?... Entonces, a ver, ¿esa novela?

Cero ganas de hablarle de mi novela.

Ni de mi existencia en general.

Ni sobre todo de mi *corazón roto*.

Pero acaba de salvarme la vida y sigue siendo el único humano (aparte de algunas mujeres, aunque en un sentido más metafórico...) que ha tenido mi corazón en sus manos.

—... He oído que su libro lleva un título un tanto pícaro —añade—. *Blanche*, creo que era... ¿Existe la tal Blanche? Es a mi buena amiga a la que le gustaría saberlo... Al parecer, le hizo a usted unas cositas increíbles... Eso me interesa bastante...

Vacila, se rasca de nuevo el cuello, se enjuga la frente, se lanza:

—... Resumiendo, esta buena amiga (ya se habrá dado

cuenta de que tiene cierta importancia en mi vida, ¿verdad?) me encarga que le confiese que si sigue usted divirtiéndose en esas... En fin, ya sabe a qué me refiero... En ese tipo de *party* particularmente *hot* que por lo visto usted describe tan bien, pues que, si todo sucede como usted cuenta, con gente guapa, joven y limpia, el tema nos interesa... ¿Me tendrá usted al tanto? Entre usted y yo, por supuesto... Todo esto no sale de aquí... No hace falta que le dé más detalles...

Frente a mi silencio, la Gran Eminencia se pregunta si no habrá ido demasiado lejos. Tiene el gesto contrariado de un hombre que se arrepiente de haber dicho lo que quería decir.

—... Confío en usted... —balbucea—. Fue mi amiga la que insistió en que se lo dejara caer, ya sabe cómo son las cosas con las mujeres... En fin, me fío de usted... Para demostrárselo, voy a contarle algo que prefiero ocultar a mis pacientes...

Su frente se arruga. Vuelve a tomarme el pulso. Se pone de nuevo serio. Muy serio.

—Duró 155 minutos —dice con voz átona.

—¿155 minutos?

—Sí, es la cifra exacta... Está anotada en el informe... Es mi récord...

—¿La cifra de qué?

—¿Está usted seguro?

—¿Seguro de qué?

—¿De querer saberlo?

Saborea lo que va a revelarme. Se relame. El *Paganini del cuore* prepara bien sus efectos. Los empolva. Los hace entrar en calor en la garganta. Quiere causar sensación y dejar pasmado al público como en el Jockey o delante de sus amantes-trofeo en el momento de la estocada.

—Bueno, pues es el número de minutos durante los cuales su corazón dejó de latir...

—Quiere usted decir...

—155 minutos, no es ninguna tontería, créame... Se lo aclaro por si acaso... Verá, saber eso cambia no pocas cosas... Hay gente a la que le da por creer en Dios, en la resurrección de Cristo, en la Inmaculada Concepción... Otros se vuelven ateos... O budistas... O vegetarianos... He conocido a algunos que, después de esta ida y vuelta al más allá, ya no saben ni siquiera quiénes son...

De repente veo mi corazón tomate viscoso e inmóvil durante 155 minutos. Él, que lleva latiendo desde su primera chispa de existencia. A cuyo mecanismo se le ha dado cuerda para que dure sin parar hasta mi muerte. Ninguna contracción durante cerca de tres horas en el intervalo de una vida. Estaba programado para su última parada definitiva. No para esta muerte temporal. La Gran Eminencia tiene razón: este tipo de información desencadena estupefacciones mentales, movimientos en lo más profundo. Convoco mentalmente a Lázaro, al Bardo, a Ulises regresando de los Infiernos, al Petrarca difunto que se despierta en su tumba.

¿Dónde estaba yo durante esos 155 minutos? ¿En qué nada? ¿En qué mundo paralelo? ¿Estaba vivo o muerto? Y, si estaba muerto, ¿significa eso que ahora ya estoy en otra vida? ¿Qué la *second life* existe? En ese caso, los cristianos no estarían del todo equivocados... De todas formas cuesta creerlo... Pero, si es el caso, caramba, eso cambia no pocas cosas.

—No estaba usted *en ninguna parte*, amigo... —precisa el 'maestro'—. Ni vivo ni muerto...O más bien las dos cosas al mismo tiempo... Estaba usted exactamente en mis manos...

Me muestra sus manos. Son bonitas, largas, con una elegante manicura. Sus manos, que deben de limpiarle el culo, hurgarle en la nariz, masturbar a sus amantes, firmar cheques para sus hijos o su esposa, a quien hay que demostrarle pequeños favoritismos ocasionales, esas mismas manos han mimado mi corazón inmóvil... y han decidido mi vida.

Se recompone, marcial:

—Pues sí, estaba usted *vivo-muerto*...

Oigo en su voz el guion y la cursiva.

Un sonido doble que silba, que gime, muy distinto al sonido pomposo y oficial de las comillas.

—... y puede estar orgulloso, porque no todo el mundo es capaz de estar *vivo-muerto* durante unas horas...

Me mira con una repentina ternura.

—... Le aclaro que su corazón ha estado en su sitio en todo momento... Me ha parecido preferible... Habría podido ponerlo en otra parte, para facilitarme las cosas, en un tarrito a un lado, bien irrigado y tal, pero eso habría cambiado su... Vamos, que eso lo habría cambiado de raíz... Y no he querido darle una mala sorpresa... Por respeto a la literatura... Ah, si no hubiera sido escritor, lo habría hecho, francamente... Con su vecino, el Actor Famoso, no me he cortado un pelo, pero, claro, el cine es menos importante que la literatura... En fin, ya tendrá tiempo de reflexionar sobre todo eso... Amélie Nothomb, ¿eh? No se olvide...

Se ha dado media vuelta.

Se ha vuelto una vez más, justo antes de cerrar la puerta de mi habitación:

—Por lo que respecta a mi buena amiga, la *party* un poco atrevida, téngame usted al tanto... Por supuesto, cuando se haya recuperado... Ah, ¡y sería mejor que no lo retomara demasiado pronto!

Mal despertar. Sangre del diablo. Mi cabeza se desborda. Llena de un pasado que se envalentona.

El primer recuerdo chantajista se me ha acercado lentamente. Tiene encanto. Un aire de primavera. Hay pájaros que gorjean no muy lejos. También es un macizo de plantas que bulle repleto de viejos desasosiegos. Avanza por su cuenta como el bosque de *Macbeth*. Quiere, lo adivino, obligarme a revivir lo que yo sensatamente había dejado apartado en un rincón poco visitado de mí mismo.

«Recuerdo, recuerdo, ¿qué quieres de mí?».[4]

No es imposible que el susodicho recuerdo, pese a saber a ciencia cierta que me intriga, haya respondido:

—Pronto lo sabrás...

No opongo resistencia.

Me dejo llevar.

Delante de mí, en este recuerdo, una chica espléndida y salvaje.

Emite vibraciones que retuercen el aire, lo enrarecen, lo hacen chisporrotear con el ruido de los portavelas a los que los insectos de verano acuden para consumirse. Es abrasadora. Al tocarla todo se transforma en vaho.

Esta chica es Violante. La Violante de entonces.

4. Primer verso del poema «Nevermore» de Paul Verlaine, en la traducción de Antonio Martínez Sarrión publicada por la editorial Hiperión dentro de la antología *Poemas saturnianos*.

—¿Te recuerda algo? —me murmura el recuerdo chantajista.

Se aprovecha de mi cabeza llena de vapor, de mi pecho mortificado, para hablarme como en los cuentos infantiles en los que criaturas irreales, flores, elfos, gráciles cervatillos, se dirigen por arte de magia a quien deben guiar hacia la casa en la que pacientemente espera una princesa.

El recuerdo chantajista insiste. Nadie lo oye porque emite sonidos que solo capta el oído de quienes ellos han decidido hostigar.

—Sí, claro —tengo yo el valor de contestar—, me recuerda muchas cosas, pero preferiría no pensar en ellas... ¿De qué serviría arrastrarme hasta ese rincón?

Enseguida se me da a entender que no tengo derecho a eludirlo.

—Espera y verás...

A partir de ese momento, todo se desarrolló como sobre un tapiz heroico cuyos motivos narrasen una época importante de mi vida.

A Violante la vi por primera vez en el Plaza, en el pequeño salón donde Archi, a quien yo acababa de conocer, daba hace más de veinte años un almuerzo antes de su partida otoñal rumbo a Buenos Aires. Había congregado allí a amigos y criaturas costosísimas con el fin de presentarnos los unos a los otros y de consolidar su reputación de *playboy* hedonista y experto en gente guapa. Uno se topaba allí con chicas de un modo u otro feroces. Con mujeres de mundo. Con cazamaridos del *demi-monde*. Algunas *escorts* de lujo sufragadas por adelantado. Para no extenderme, aclararé sin estar seguro que Violante pertenecía a esta última categoría.

Tenía un rostro diáfano y despiadado, en flagrante contradicción consigo mismo. Su mirada maliciosa dejaba entrever una crueldad inmediatamente desmentida por una gracia de conjunto y por la extrema pureza de sus labios. Como para preguntarse por qué Dios, si es que acaso es él, se divierte de ese modo enredando las pistas. Una mujer demonio con modales de ángel. Lo comprendí enseguida, es decir, demasiado tarde. Sin embargo, es a esta chica de alma tan poco loable, tan poco dada a los grandes arrebatos, tan poco capacitada para la emoción de envergadura, a quien todo mi ser impaciente se apega. A quien le acabaré debiendo el descubrimiento de la pasión, de los grandes enajenamientos, de la servidumbre voluntaria, de la excitación sin par, de los abismos que conllevan.

—Yo me llamo Violante... —me dijo ella, con el codo apoyado en una ventana que se abría a una terraza llena de flores—. Violante con «a» a la italiana, no a la francesa..., que es más suave, ¿no? Siempre hay que añadir unas gotas de Italia a nuestra existencia...

Poseía el mohín seductor de una chica que se las sabe todas. Y una voz entre dos tonos, trémula de inflexiones provenientes de distintos estratos sociales. Como si otros en ella, golfos, esnobs, pillos, ricos de toda la vida..., todos juntos, hubieran tomado prestadas sus cuerdas vocales para hablar por ella. Tuve entonces la sensación de que esa voz venía de otra parte y de que, antes de toparse conmigo, había callejeado por aquí y por allá, por lugares equivocados, por las madrugadas, por hoteles de lujo. A fuerza de acarrear montoneras de frases poco respetables o educadas, esa voz debía de haberse ensuciado por el camino, antes de acostumbrarse a palabras de más alto copete. En cualquier caso, no se equivocaba: Violante, pronunciado a la italiana, sonaba mejor, más suave. Yo había asentido con la cabeza y añadido una sonrisa desganada.

En aquel momento, pese a todo, pensé que aquella chica desprendía un sonido que no la reflejaba. Un sonido demasiado opulento para ella, demasiado maquillado. Luego rectifiqué: ¿desde cuándo tendríamos que sonar como lo que somos? Yo, por ejemplo, hace veinte años tenía la voz de un hombre del que nadie se ríe, un hombre frío, razonable, seco, seguro de sí mismo... Pues bien, yo no era nada de todo eso. Lo más fuerte es que la voz de aquella Violante, desde su primer crepitar, me había impresionado tremendamente, y yo había pedido más. Me había convertido en la serpiente ante la aguda flauta del encantador. Una droga sonora. Una magia. Había llegado incluso a creer que percibía, en esa voz, en sus inflexiones musicales, un color inesperado de la vida y de la libertad. Algo que desde el principio habría estado inserto en el deseo y el contratiempo. De haberme atrevido, le habría suplicado en el acto que pronunciara algunas palabras más, las que fueran, solo por el placer de mis oídos, y para que ese placer llegara hasta mi mente. Mente que, por otra parte, ya había admitido, mucho antes que yo, si se me permite, que aquella chica a la que apenas había visto, únicamente mediante sus aptitudes vocales, y a pesar de su mirada maliciosa, me estaba manipulando como a un pelele.

En cuanto a su bonito y lánguido nombre, tengo que reconocerlo, le sentaba divinamente. Daba la impresión de que se había instalado en él como en una fortaleza. Era su suave armadura. Sin la menor falla. Sin intersticios ni ángulos de ataque ni pequeñas aperturas por las que colarse. Me dije que una chica de ese tipo, aun sin adornos ni perifollos, debía de saberse invulnerable al abrigo de un nombre como aquél. ¿Había notado ella que yo enseguida le había endilgado no pocas cosas a aquel nombre? ¿Qué incluso había llegado a entrever en él una mezcla de lentitud, de amarillo, de rojo, de fuego? ¿Una combinación que mi fantasía había asociado a una puesta de sol, a perfumes de vainilla, a palmeras ondulantes al borde del agua?

No obstante, hay una pregunta real que yo me planteo a *posteriori*: ¿por qué razón, en aquel momento concreto de mi existencia, sentí el deseo de deponer las armas, sin pelear, ante una criatura que ni siquiera se molestaba en ocultar su intención de derribarme?

Tom Hanks está junto a mi cabecera. Me vigila. Aporrea el teclado de su ordenador, cuya pantalla a cambio lo ilumina con una luz de neón. Tal vez sean las tres de la mañana. La hora de la desesperación. Mi dolor se despierta, me arranca algunos gemidos. Tom deja lo que está haciendo. Se asegura de que mi tensión y mi pulso no anuncien ningún drama. Me ofrece una dosis de morfina. Sin duda para quedarse tranquilo.

—Tiene usted derecho...

Como quien dice: lo sé, no pasa nada, aunque no debería acostumbrarse demasiado...

—... Con eso —añade en voz baja—, tendría usted que soñar con los angelitos...

Más tarde, en la penumbra, al fijarse en mis ojos abiertos:

—... Estoy en su habitación por casualidad... Es imposible pegar ojo... Con el Actor de aquí al lado aullando cada diez minutos... Así que me he dicho que por qué no aprovechar para hacerle una visitita al señor Entusiasmo... ¿Se acuerda? Así decía llamarse el primer día...

Veo cada una de sus palabras. Con nitidez. Las *veo* más que oírlas. Como si mi vista sustituyera a mi oído. Sus palabras son redondas y están sabiamente dispuestas en pequeños montones blanquecinos.

—... Estoy escribiendo —prosigue—. Así me relajo... Apunto los sucesos del día... Nimiedades... Impresiones... Puede que al final todo acabe convirtiéndose en un buen libro, quién sabe; ya me lo dirá usted, que por lo visto es el profesional... Hay tantísimas historias por aquí... Vamos, es que, si reuniéramos todas las historias de una sola noche en este pasillo, ya simplemente eso resultaría poco creíble... La vida, el dolor, la muerte paseándose, la vida aferrándose a la fragilidad, a briznas de hierba... ¿Se da cuenta?, todo eso me pone poético...

Me cae bien este chico. No debe de ser especialmente virtuoso, nunca llegará a ser un *Paganini del cuore* como la Gran Eminencia, pero tiene conciencia y quiere el bien para el género humano. ¿Llegará a saber algún día que lo llamo Tom Hanks?

—... Tiene usted buena cara —continúa—, lo cual es bastante raro después de ocho horas de bisturí... Seguro que es por sus sueños... Siempre lo digo, para calmar a los pacientes operados, para volver a lanzarlos a la vida, hay que conectarlos con sus sueños... ¿No cree? Los sueños limpian el alma... El Actor de al lado, sus sueños no deben de ser de color de rosa, no hay más que oírlo... Si los sueños no lo calman, créame, habrá que preocuparse...

Si hubiera tenido la fuerza de articular algún sonido, le habría contestado que mi problema con los sueños, con mis sueños, es que se mezclan demasiado con los recuerdos. Sobre todo cuando la sangre del diablo los aviva y los pone patas arriba en la linterna mágica del pasado-presente.

Ahora, en mi noche, pasan y vuelven a pasar como las figuritas de un tiovivo.

¿Por qué me obligan a resucitar a esta Violante que para mí ya no existe?

Pronto lo sabré.

Esta vez el sueño-recuerdo me lanza a los pies de una basílica. Muy bonita. No la identifico enseguida, es enorme, pesada, plantada sobre una meseta que domina una llanura que verdece. Alrededor, un paisaje inmóvil, de opulentas viñas, de capas de espiritualidad colgadas de un cielo en el que el viento del sur empuja suavemente unas nubes aborregadas.

Mis percepciones se definen. Reconozco Vézelay. Una pequeña ciudad mística en la que hice un alto en el camino con Violante rumbo al sur. Veo la colina sagrada, las piedras grises y serenas, las murallas cimentadas por siglos de piedad. Imágenes en un primer momento pacíficas y benevolentes suben a la superficie. Mis impresiones rosa del desierto vuelven a cobrar vida en cuanto derramo sobre ellas una gota de memoria. Son una serie de *déjà-vus*. Ya los he visto. Ya los he vivido. Una vieja película interesante. Avanzo a ciegas. Cortocircuito.

Cuando llegamos a la terraza de este sombreado restaurante, Violante y yo nos encontramos ya al final de una relación tóxica que, a lo sumo, habrá durado unos meses.

Yo comprendí desde el principio que era exactamente el tipo de criatura con la que uno decide asociarse cuando le apetece recibir clases particulares de humillación, de traición, de abandono, lo cual era mi tentación más frecuente en aquella época.

Lo había comprendido, pero eso no había cambiado nada. Me lancé. Sin ignorar que esta chica tenía un alma calculadora. Que era muy ruin. Dispuesta en todo momento a venderse al mejor postor, con pizpiretos tejemanejes de traficante. La mitad de su ser era mala. La otra mitad, irresistible.

No necesitó mucho tiempo para adivinar que yo era un buen cliente, un sumiso voluntario, un aficionado a sus dones de crueldad. Enseguida me capturó sin tomarse la molestia de desearlo de verdad. Por si fuera poco, la adoré en el acto. Sin motivo decente. Con esa adoración corrupta que ata al verdugo a la víctima amorosa. Con un mero chasquido de los dedos, la tal Violante podría haberme hecho bailar desnudo encima de un barril. Pero yo me había quedado prendado como quien se lanza a una hoguera. Todo el mundo, Archi el primero, me explicaba que es mejor no enardecerse por chicas así. Pero era algo más fuerte que yo. Tenía la necesidad de sufrir. Ni siquiera sabía que podía tenerse ese tipo de necesidad. Y Violante era una experta en el arte de los suplicios.

Aquel día, habíamos dejado atrás un París aplastado por el calor. Habíamos circulado por las carreteras tenebrosas del Morvan. Habíamos hablado con la ternura hastiada de dos amantes que, sabiéndose en el epílogo, todavía quieren compartir el remanente de emociones antes de saldar las cuentas.

Por el camino, me iba cantando el *Summertime* de Gershwin, tan amplio, con sus lamentos de esclavos («*and the cotton is high...*»), que me creaba una sensación de espacio y de empezar de nuevo.

Porque esta chica también tenía dulzura.

Mis propósitos de huir de ella lo antes posible habían tomado la costumbre de morir a sus pies.

Habíamos parado en Vézelay para comer. Violante me había preguntado por María Magdalena, la patrona local, la cortesana de alto *standing* que había hecho palpitar el ojo de Cristo. Nos habíamos sentado en la terraza de aquel restaurante cuyos manteles violetas, sombrillas color lavanda y *maître* almidonado conformarían el decorado de nuestro último instante de paz. En el ojo de Violante chispeaba aquel brillo malvado que en ella señalaba la inminencia de una confesión, de una decisión.

Violante tiene hambre. Un hambre atroz. Le sirven un pichón, lo devora enseguida. Clava su tenedor en el pecho cebado del animal. Su cuchillo trincha unas carnes blancas y bien jugosas, aparta huesecitos, divide el conjunto del ave bien asada. Tritura, chupa los cartílagos, no tarda en introducir sus dedos, deseosa de avergonzarme con sus modales inelegantes... No tiene piedad alguna de su ave despedazada. Me exhibe, *in vivo*, su verdadera naturaleza de terrible devoradora maleducada. Es una imagen potente. Todo se rinde a los labios de Violante. A sus dientes.

—¿Sabes? —me dice—. Podría devorarte como a este pichón... Habría podido abrirte el pecho, arrancarte el corazón... Y encima ni siquiera te habría disgustado...

Empiezo a comprender.

El recuerdo chantajista me ha enviado en el tiempo, hasta Vézelay, para que oiga a Violante hablarme de pechos despedazados, de carnes destrozadas...

Lo que buscaba era rescatar de mi pasado aquella ocasión en la que ya me arrancaron el corazón, sin olvidarse de recordarme que aquel suplicio no me había disgustado.

—¿Por qué me has perdonado la vida? —le pregunté finalmente.

—Porque a pesar de todo te tengo simpatía... Porque era demasiado fácil destruirte... Porque ni siquiera tenía necesidad de hacerte daño... He entendido rápidamente lo que querías... Tú también lo entenderás en su momento si es que quieres volver a ser inteligente. No es imposible que yo sea, que yo haya sido, tu última 'niña mala', como diría Archi... Te estoy haciendo un gran favor... Es un regalo de despedida...

—¿De despedida?

—Porque te estoy dejando... Dentro de quince minutos me pedirás un taxi, y yo regresaré sola donde me apetezca... He tomado esta decisión justo antes de sentarme en la terraza de este restaurante...

—No puede ser... Así no... No ahora... No quiero perderte...

—Venga, vamos, no está en tu mano... O me pierdes o me pierdes... Puede que un día vuelva... Después de una *grande passeggiata* por el mundo... Ahora mismo necesito viajar, cambiar de aires...Y a ti, más te valdría acabar de una vez por todas con las chicas malas como yo...

En aquel momento le supliqué que no me dejara. Lloré. Quería sufrir más y más. Era patético. Tocaba fondo en mi existencia. Ni siquiera me avergonzaba. Solo quería que mi sumisión se prolongara. Que Violante me destrozara del todo la vida. Necesitaba un destrozo definitivo.

Ella había cogido la carcasa del pichón y le había hincado sus dientecillos.
Tenía una mirada ávida y perdida.
El *maître* estaba sorprendido por el comportamiento tan ordinario de aquella cliente que él había tomado por una gran dama.

Cuando su taxi se alejó finalmente, yo estaba seguro de que jamás me recuperaría, cuando, en realidad, al abandonarme, Violante acababa de salvarme la vida. Lo pasé muy mal en aquella época y si conseguí salir adelante fue con la ayuda del señor Rachid, que, sin embargo, no contaba más que con una experiencia teórica en mal de amores. Justo después saqué una novela titulada *Aurore*, pronunciado como «horror» a la francesa, y, gracias a su éxito, me lancé a una carrera de escritor amigo-enemigo de las mujeres. Al convertirme aun a mi pesar en proxeneta de mi dolor, había hecho, *grosso modo*, lo que conviene hacer en estos casos.

A menudo había oído a mi padre deplorar que este o aquel amigo se dejara incendiar por este tipo de chica. «Un hombre —decía él— no capitula jamás, sobre todo, no por amor». Prefería los idilios de una noche en las salas de baile de la costa que solía frecuentar, le parecían más sanos y más acordes a su ideal de virilidad serena. Mi madre, más romántica, trataba de hacerle entrar en razón cada vez, o de quitársela, explicándole que la pasión también tiene sus derechos, y que abdicar, someterse o elegir su verdugo puede ser delicioso. Le hablaba a mi padre de Proust, de Swann, de Albertine, a quienes él debía de confundir con personas influyentes de los alrededores que por nada del mundo querría que le presentaran. Yo escuchaba sus conversaciones durante las calurosas veladas de ultramar. Sus palabras me alcanzaban a través del efluvio de la dama de noche que tapizaba nuestros balcones. ¿Qué habrían pensado ellos, el uno y la otra, al verme en el Plaza o en Vézelay, medio siglo más tarde, tan dispuesto a reclamar mi parte de servitud? Creo que mi madre habría sonreído al comprender mi tentación. Mi padre se habría mostrado disconforme y burlón. Por lo general, no le gustaban los hombres sumisos, ni siquiera los que lo obedecían a él. Prefería los rebeldes, los insolentes, los terroristas, aunque tuviera que maltratarlos o hacerles algo peor si se presentaba la ocasión.

Los gruñidos del Actor atraviesan el fino tabique que nos separa. Él también sufre. Maldice. Insulta. Refunfuña como una bestia cazada en una trampa. A veces agoniza en voz alta. Repite: «¡No puedo más! Me muero...», con distintas variantes. Ayer: «¡Socorro! ¡Socorro! ¡Ayuda! Sois todos unos canallas...». Esta mañana: «¡Avisad a Molière! ¡Ahora mismo! Y a Sacha Guitry... Y a todos los tipos honrados a los que he prestado mi voz, mi talento... Decidles que los espero... Ellos, al menos, son grandes, saben quién soy...».

A veces la enfermera que se ocupa de él me hace confidencias:

—No puedo más... Me llama sin parar y, desde el momento en que entro en su habitación, me recibe con horrores... Ahora mismo acaba de soltarme: «¡So guarra, enséñame las tetas...!». ¿A usted le parecen normales estas cosas? Es un gran señor, de acuerdo, pero aun así... Y luego, ayer, tampoco estuvo mucho mejor la cosa, me enseñó un dedo y me dijo: «Te lo voy a meter en el chocho, y luego olerá a manzana...». Se lo juro, está loco... Si lo hubiera sabido, jamás habría pedido encargarme de él...

Me hago el dormido mientras la observo a través de mis ojos entrecerrados. Me acaricia la frente. Coge un pañuelo de papel. Ahoga un sollozo. Se retoca el maquillaje delante del espejo de mi cuarto de baño. Puede que, después de todo, el Actor Famoso haya encontrado la forma de conmoverla.

El combate por la preeminencia entre sueños y recuerdos sigue su curso. Se enredan, se abrazan, se convierten en quimeras con cabeza de sueño y cuerpo de recuerdo, son centauros, monstruos, formas reptilianas en tres dimensiones agazapadas en el fondo de un yo mismo desconocido. Este pichón, por ejemplo, al que Violante clava sus crueles dientecillos, ¿pertenece a la realidad de un instante remoto o he modificado a *posteriori* esta situación del pasado para que haga las veces de suntuosa envoltura de mi tórax cizallado de hoy? Imposible saberlo. Tomaré las cosas de una en una. Tal como vayan llegando.

A la noche siguiente, precisamente, un sueño drolático y absurdo. Una aleación de cien fragmentos de vida, de preocupaciones, de fidelidad, con un porcentaje cero de recuerdos en ella. Disparatado, me propulsa hacia el club de tenis de Porte Maillot, entre gente envuelta en extravagantes atuendos llenos de volantes, encajes y pantalones de punto blanco. Las mujeres se asemejan a orquídeas, los hombres a marionetas. He reservado una pista de tenis para echar una partida con Marcel Proust, quien, después de llegar tarde, me explica: «Llevo una raqueta, por supuesto, que no hay que confundir con una chaqueta, aunque para mí es sobre todo una mandolina...».

Respuesta inmediata del soñador:

—Conozco su mandolina, querido Marcel... Hasta tengo una foto en la que se le ve a usted, aquí mismo, rodeado de muchachas y posando como un guitarrista de flamenco con esta raqueta que, efectivamente, no podría confundirse con una chaqueta... Sepa usted que esta foto aparecerá colgada encima de la mesa de mi despacho dentro de un centenar de años... Será, por mi parte, el ínfimo homenaje que le corresponde por derecho a su gloria inmarcesible...

Marcel se pone muy contento. Con su mano enguantada y móvil como un abanico, oculta de inmediato la frívola sonrisita que expresa su satisfacción. Me da las gracias. Me pregunta por mi madre, de quien no ignora, ¿quién se lo habrá dicho?, que se llama Gilberte. Le hago notar, de pasada, que tiene las mismas iniciales que Modiano Patrick, pero no ha oído hablar de ese escritor.

—Me encantaría conocerlo... Venga a verme con él uno de estos días... Me encontrarán en el 102 del Boulevard Haussmann... Suelo recibir visitas entre las dos y las tres de la mañana, a «la hora de la desesperación»... Me permito tomarle prestada esta expresión que acabo de recoger en uno de sus recuerdos, porque la encuentro muy pertinente y admirablemente fiel al tumulto silencioso que atrapa el corazón y lo envuelve en una bruma que la joven Anna de Noailles, todavía Brancovan, no dudaría en comparar con la seda de un dirigible o con una bata pintada por Boldini... Espero que no se moleste conmigo por haber visitado su memoria sin haber sido invitado expresamente, pero es que en cuanto vislumbro una memoria, es algo superior a mí, necesito ir a ver... En cualquier caso, no dude de mi impaciencia por conocer a ese joven Patrick... Por cierto, ¿es joven?

El final del sueño es confuso. Retengo sobre todo una sensación de sosiego y de serenidad estival. Recibir la visita de Marcel al salir de mi muerte temporal fue un privilegio. Me alegró comprobar que mi héroe se asemejaba en todos los aspectos, al oído y a la vista, al individuo que siempre había imaginado. También me alegro de que supiera el nombre de pila de mi madre. Nada me impide imaginar que ahora los dos se vean de vez en cuando.

Pronto, el tiempo deja de existir. Ni noche, ni día. El mundo real se disuelve en un claroscuro cebreado de pequeñas estridencias. Vita es la única con derecho a venir a mi habitación. Entra en silencio. Me coge la mano, le da un beso, finge no darse cuenta de mi mirada apagada. Lleva en mi honor vestidos con grandes aberturas que en cada visita me derivan hacia hipótesis eróticas poco requeridas desde mi operación. Sus tobillos, su piel luminosa, su forma de decir «son ustedes muy amables...» a las enfermeras que se afanan en torno a mi cama son perfectas. Hablamos poco. En sus ojos, que traspasan el pesado espacio, solo leo el rechazo a perderme. Y ese rechazo es una transfusión de vida. Vita o el polo opuesto de Violante. El yo que amaba a una es el polo opuesto del que soy ahora al amar a la otra. Sigo teniendo miedo de pronunciar la palabra o de osar el gesto que pondría en peligro la armonía con la que me envuelve Vita. Soy prudente. Su amor me desconcierta. Tengo la impresión de que se dirige a un individuo que no soy yo. Sé que los milagros siempre penden solo de un hilo. Mientras tanto, mientras la veo, no siento ganas de morir. No ahora mismo.

Recuerdo su aparición, hace ya unos años, en el restaurante donde estaba comiendo con Archi.

Yo le daba la espalda a la sala, de forma que no vi llegar a la mujer que se dirigía hacia la mesa donde la esperaban.

Fue la cara de Archi lo que me alertó de repente:

—Detrás de ti... 'Una mujer divina'...

Tenía enfrente unos espejos, y en ellos vislumbré de forma indirecta la criatura que causaba tamaña impresión en mi amigo.

Tacones altos. Un atuendo de una sofisticación fuera de lugar en aquella jornada anodina. Una manera benévola de observar a las personas desde arriba.

Mis ojos se clavaron en la imagen reflejada de los suyos.

Dos ojos como conchas de ostra.

Más allá de esos ojos, hacia la zona más cercana a su ser secreto, tuve el tiempo y la ilusión de entrever el complicado mecanismo de algunos deseos.

Doble mirada intensa, inmediatamente carnal.

Puede que durara un minuto. O un largo segundo...

Pensé, durante aquella mirada, en la escena de *Vacaciones en Roma* en la que Audrey Hepburn y Gregory Peck se miran largo y tendido, durante mucho tiempo, ante los ojos conmocionados de ministros, chambelanes, paparazis.

La magia de ese instante.

El instante más largo de mi vida.

Por segunda vez en mi existencia, una mujer-promesa me devoraba.

Por segunda vez, me incendiaba una criatura de la que no sabía nada.

Ni su nombre. Ni sus amantes. Ni su historial. No sabía nada.

La verdadera genialidad de Vita fue, acto seguido, impedir que el incendio de ese primer instante se apagara a medida que aprendíamos a conocernos. Ninguna mujer, jamás, se ha propuesto gustarme con semejante constancia.

¿Por qué yo? ¿Por qué en ese momento de mi vida?

Nadie sabe nunca realmente por qué es elegido y amado.

Había ido a parar al lugar adecuado en el momento adecuado.

Un día antes o un día después y nuestras imaginaciones se habrían aventurado en otras direcciones. Era necesario que fuera aquel día. Aquel momento.

Más adelante, Vita me dirá que había *visto* mi cara, con nitidez, antes de toparse con el reflejo.

Se le había aparecido en la mente, como un misterio, mientras cruzaba la puerta giratoria del restaurante y todavía era imposible que supiera que iba a conocerme.

Ese punto es fundamental: Vita me vio *antes de verme*.

Todo eso existió.

Para mi pensamiento mágico que no se priva de nada desde que el 'maestro' reparó mi corazón, ese episodio sigue siendo la única prueba válida de la existencia de los ángeles.

Vita cree incluso que visiones como esta demuestran de una vez por todas la existencia de su superior jerárquico, ese padrino despiadado y muy influyente cuya hija predilecta sería ella.

Yo la dejo creer.

La segunda o tercera noche me doblan la dosis de morfina. Una gota de más y me inclino hacia la zona peligrosa.

La realidad, ya de por sí fluida e hipotética, se vaporiza infinitamente. Melancolía extrema, helada, resignada. Cara a cara con lo que queda de mí.

Una enfermera me prodiga los últimos cuidados del día, apaga la luz, cierra la puerta de mi habitación. Me encantaría hablar con Bernard, con el señor Rachid, con alguno de mis hijos. Me encantaría preguntarle a mi editor si *Ce qui plaisait a Blanche* [Lo que le gustaba a Blanche] se vende decentemente. Si en el mundillo se habla bien o mal del libro. Me encantaría oler el perfume de Vita.

Tom Hanks me ha confiscado el móvil, cuyas ondas, al parecer, podrían estropear las máquinas que velan por mí.

De ahí mi soledad a «la hora de la desesperación». ¿Cómo pudo mi Proust onírico creer que yo era el autor de dicha expresión cuando en realidad la encontré al principio de su *En busca del tiempo perdido*? ¿Era una forma de decirme, lo cual cuadraría con su idiosincrasia bizantina, que no se le había escapado mi plagio?

Impaciencia ante el todopoderoso sueño que tarda en sepultarme.

Inquieta curiosidad ante el viaje que me propondrá esta nueva noche.

En la oscuridad, de repente, una *presencia*.

Muy sombreada. Más transparente que un fásmido nocturno. Apenas distingo los contornos de esta sombra-fásmido que, iluminada por las reverberaciones de la calle, parece pertenecer también ella a una linterna mágica. Percibo una vibración poco común. Tal vez un infrasonido revestido de un trémulo resplandor.

—Entonces ¿qué? ¿Nos vamos?

Tales son las palabras exactas pronunciadas por la *presencia*.

Oigo su respiración aguda que por momentos baja varios tonos hacia un rugido más grave.

—... Pasaba por aquí y me he dicho, anda, vamos a por noticias del tenista con el *corazón roto*... Vamos a preguntarle si quiere irse...

—¿Dónde quiere usted que vaya?

Hablo en la oscuridad. En el vacío de la oscuridad. Mis palabras brillan como luciérnagas, bailan sobre las paredes y el techo, se parece al falso cielo estrellado que proyectan las bolas de espejos de las discotecas de los campings. Lo encuentro normal. Las palabras siempre son más o menos bailarinas y luminosas.

La *presencia* me responde:

—Venga, hombre, si ya lo sabes... Llega un momento en el que hay que decidirse... Uno se va o no se va... Cuando te vi sobre la arcilla machacada de tu pista de tenis, comprendí que pronto me necesitarías... En ese momento me disfracé de águila para observarte más de cerca, como hace mucho tiempo en una playa de ultramar... ¿Te acuerdas?

—Me acuerdo, sí, del águila que me levantó cuando estaba tirado en la arcilla machacada... Y de la otra águila, la de la playa del pasado, soñé con ella hace no mucho... ¿Era la misma águila?

—Evidentemente, llevo vigilándote desde niño, desde siempre... Date cuenta de que lo hago con todo el mundo, es mi oficio, me disfrazo de águila, de burro, de cangrejo, de idea, de metrónomo, de amapola, de mosquitera... Pero no te preocupes, todavía tienes a tu disposición bastante tiempo, si te aferras a vivir... Sobre la arcilla machacada, me hiciste pensar en...

—... ¿En Michel?

—Evidentemente... En su momento me sorprendió que ya tan pronto tuviera ganas de recurrir a mis servicios... Creía que lo único que él quería era pasar unas vacaciones tranquilas en Ramatuelle, pero luego me reclamaron con urgencia...

—¿Sufrió?

—No creo... No tardé en llegar... Pobrecito, todavía estaba ardiendo, bañado en sudor, sin parar de tiritar... Lo habían tapado con su jersey de ochos rojos y azules trenzados que llevaba doblado pulcramente en su bolsa de deportes... No podía abandonarlo en ese estado... Lo seguí hasta la clínica de la esquina... Por suerte, desde mi punto de vista, estaban mal dotados... Y era demasiado tarde para trasladarlo en helicóptero... A ese muerto, está claro, no me costó nada llevármelo...

—Podría usted haber hecho la vista gorda...

—Estaba delirando... Llamaba a Chuck Berry y a Josephine Baker, viejos amigos míos; me resultaba tan fácil reunir a todo ese mundillo... Así que me dije: si a él le hace ilusión...

—Era tan joven...

—¿Qué se le va a hacer? Es así... Yo solo obedezco órdenes...

—¿Y tiene órdenes respecto a mí?

—Nada concreto, he venido a ver... Yo ahora haré mi informe y luego se decidirá en las altas esferas...Date cuenta de que ahora mismo cosecho a pocos capricornio... Ya sabes, cada signo tiene su temporada... Pero ¿y tú?, ¿a ti qué te apetecería? Puedo transmitírselo a quien corresponda...

—Yo quiero «morir en el último momento», como escribió un autor francés cuyo nombre ahora mismo se me escapa. Quiero seguir vivo hasta el final... Llegar por lo menos a centenario, con todo el mundo a mi alrededor cuando llegue la hora... Mujeres, niños, amigos... Una agonía de faraón...

—Lo sé, te oí pensarlo hace unos días...

—Sin embargo, después de reflexionar al respecto, puesto que en esta habitación no tengo nada más que hacer, prefiero que alguien decida por mí. Lo cual encaja mejor con mi idea del destino...

—Será como tú quieras... Me apetecía hacerte un favor permitiéndote expresar una preferencia... Estoy acostumbrada a que me traten mal... a que me endosen mala fama... Pero si tú me dejas a mí la iniciativa...

Esta *presencia* tiene una voz maravillosa. De esas que te arropan, que te dejan rápidamente extasiado. Es una voz de sirena. Más relajante que un arpa o que el sonido fresco de una fuente. ¿Por qué tendría que resistir sus avances? Sería tan fácil, tan agradable, deslizarse suavemente entre sus brazos, sumergirse en una amapola, subirse a las alas de un águila, contemplar mi vida desde lo alto por última vez...

Sus dedos están ahora sobre mi frente y juegan con mi pelo. Dedos hábiles, que borran el sufrimiento todavía más que la sangre del diablo. En cuanto entran en contacto con mi piel, en cuanto propagan por ella su electricidad, dejo de sentir dolor. Sus dedos conocen el misterio de las sanaciones supremas.

—Ya lo ves, conmigo el dolor desaparece... Es mi don más preciado... La gente olvida demasiado a menudo que la muerte es un remedio definitivo... El odio que me demuestran, e incluso el terror que les inspiro, hablan de forma bastante clara de su falta de sensibilidad ante mis encantos. Y, sin embargo, pruébame un poco y ya verás... No hace mucho conversé con un escritor alemán del siglo pasado... Este hombre superior, encantado de estar muerto, me aseguraba que, si se aporreara el mármol de las tumbas para preguntarles a los difuntos, la mayoría se negarían a resucitar...

Nunca habría creído que la muerte necesitara ser tan negociante. Ni que le hiciera falta jactarse de sus ventajas, de su mercancía, de su saber hacer, de su botiquín. Como si fuera un simple vendedor de paraguas o de corbatas en los mercadillos y las grandes avenidas.

—Sí que quiero morir —le digo—, pero necesito pruebas, garantías, detalles...

La sombra-presencia-fásmido intenta envolverme.

No me dejo.

—... Me gustaría no sufrir más —añado—, pero aun así sentir las cosas... El sol sobre la piel, el agua fresca, el dulzor, las frutas, el deseo, el viento, la luz, el amor, las olas, el maravilloso sueño, el goce, el despertar, la boca de Vita...

—Ah, hay que decidirse, amigo mío... No se puede tener todo... Conmigo, lo primero que se obtiene es el fin de los dolores morales y físicos, el fin de los problemas de dinero, de traición, de ambición, de la lucha del día a día... Otra ventaja: si me sigues, no envejecerás... ¿Quién da más? Y eso, créeme, no te lo podrá ofrecer la vida... Sin mí, la existencia sería monótona, agotadora... En cualquier caso, mi propuesta dura hasta mañana, cuando venga de nuevo a verte... Después, decidiré sin consultarte...

La tengo muy cerca.

Sus labios están a punto de tocar los míos.

Noto su respiración tranquila.

Nadie, hasta entonces, me había dicho que la muerte podría ser tan femenina. Como no puede ser de otra forma, me lee el pensamiento:

—No te equivocas —me dice ella—, soy principalmente femenina, pero a veces tomo prestado el otro sexo... En mi reino, esa distinción ya no tiene mayor importancia...

Antes de abandonar mi habitación, todavía le dio tiempo a decirme:

—En fin, voy a echar un vistazo en la habitación de tu vecino, el Actor Famoso... Me han informado de que él está mucho más maduro... Bueno, quiero decir, más a *punto de marcharse*... Cuando vuelva a pasarme por aquí, no lo olvides, quiero mi gallo...

¿Un gallo?

¿Para qué?

¿Tiene esto alguna relación con el pichón que Violante devoraba en Vézelay?

¿Con mi pecho cizallado?

Todo esto empieza a parecerse a una pesadilla.

Es una pesadilla.

No sé nada de los mecanismos químicos orgánicos psicológicos inconscientes que se trabajan mi cuerpo, que le insuflan un aliento de recuperación por vías físicas y espirituales, pero poco a poco, al ritmo de una bruma disipada, voy mejorando. La rata nazi, el pulpo, la barrena se baten en retirada. Lanzan sus últimas ofensivas inmediatamente neutralizadas por la vanguardia que me protege. Gracias a la Muerte Visitadora, tal vez... He oído a menudo que la presa que ella no aceptaba, o que no la aceptaba a ella, pronto recuperaba la salud. Dicho de otro modo: la vida vence y se refuerza en el momento en que admitimos que la muerte forma parte de ella.

Me traen la prensa. Vuelta al jaleo. El mundo se precipita. Reflujo de la ola inmensa y otoñal que me absorbió en la pista de tenis.

Y, al retirarse, exhibe grandes capas de realidad: porquerías humanas, vilezas locales, guerra de todos contra todos, soledades, grandes peligros inminentes. Me cuesta retomar el hilo de esta historia de locos, una vez más y siempre, «un cuento que cuenta un idiota»[5]...

Quince días antes, hacía malabarismos hábilmente en medio de este barullo. De repente, desconcertado entre tantas trifulcas cómplices, tantas polémicas, arrogancias, envidias y vanidades, ya no entiendo nada. He debido de perderme dos o tres episodios de esto y de aquello. De un tiempo a esta parte la realidad que me acosa es opaca. Como si, dentro del laberinto, alguien hubiera apagado la luz.

5. Cita extraída del acto 5, escena 5 de *Macbeth*, de William Shakespeare, en la traducción de Ángel Luis Pujante publicada por Austral.

La Gran Eminencia me asegura que es normal.

—Ya volverá, ya volverá... Hay que ir con calma... No reclamar todos los sentidos a la vez... Tome nota de los hechos, ya les dará un sentido más adelante...

Mientras tanto, sobrevuelo, sobrevuelo. La guerra causa estragos entre hombres y mujeres. La mayoría se encaraman a lomos de sus grandes caballos, se envuelven en sus capellinas de pasiones tristes, se denuncian, se odian... Especulaciones confusas en el mercado de las emociones... Sobreestimación artificial de los valores del día... Desplome de las cotizaciones, algunas quiebras, restablecimiento posible, nunca se sabe, afirman los expertos, aunque ninguno lo sepa a ciencia cierta... El amor y la belleza no están en plena forma...

A corto plazo, será, ya lo es, la debacle de los sensibles, la ruina de los puros, de los melancólicos, de los agnósticos, de los humanos sin convicción. Lo que es seguro es que todos tienen ganas de ser el otro, aunque lo maldigan.

Me pregunto cómo pude encontrar mi lugar en este *ring*. Yo tenía un lugar en él, un lugar de primera, con reputación, contactos, movilidad, honorarios, prestigios locales y temporales, razones para levantarse por la mañana, para abrirse paso a codazos, para querer, para rechazar, para dar bombo al honor, a la codicia, a la habilidad. ¿Podría yo hacer que esta *troupe* de saltimbanquis multipolares me contratara de nuevo? ¿Lo querría? Quince días antes, todavía estaba en el plato y en la tajada. Y me gustaba. Abarcando y apretando. Ahora, mi abatimiento es un monarca absoluto. Ya no podría. Está claro. Me gustaría consultarlo con mi amigo LesVies, experto en jaleos y barullos. ¿Dónde estará?

Pequeño rodeo por las páginas literarias.

Es fácil constatar que han olvidado-enterrado-descalificado a mi querida *Blanche*. Nació muerta, *la poverina*... Y mira que se había esforzado por llamar la atención. En sus inicios, cuando yo me contentaba con soñarla, ella aspiraba a hacer una gran carrera. Ni marquesa de Merteuil, ni Emma Bovary, ni duquesa de Sanseverina, por supuesto, tampoco hay que exagerar, pero dos o tres vueltas a la pista con sus vivas y sus bravos no era algo inconcebible. No tardé en tener que revisar a la baja. No se debe hacer trampas con el arte. Mientras tanto, ya han arrumbado a mi blanca heroína. La han desterrado al desván. Una figurita pasada de moda del museo Grévin, reservado para las criaturas novelescas que no atraen al gran público. Me enfurezco. Y al mismo tiempo lo entiendo, lo suscribo, me da igual, aunque sienta un poco de pena por el narrador, que visto de cerca se me parecía, y por el bello Aragon, que se paseaba con gracia por mis páginas. «Tendrías que haberte contentado con gustarte únicamente a ti, no eres más que un mero aficionado —me digo a mí mismo— ¡Escarmienta!». Lo que resulta decepcionante de este asunto es que, lo tengo visto y comprobado, quienes tienen derecho a dar vida o muerte a heroínas como Blanche están todavía más pasados de moda que ella. La próxima vez, si es que hay una próxima vez, lo cual es bastante improbable, más me valdrá sacrificar lo social a bocajarro, no tocaré el cuerpo sagrado de las damas, diré que soy un hombre blanco culpable patético, escogeré una hermosa víctima violada incestuada, como recomiendan, marcando todas las casillas de la desgracia. Blanche cometió el error garrafal de ser rica y feliz. De disfrutar de la felicidad en medio del mal. Y eso, recuérdalo bien, querido yo mismo, eso no se perdona.

Todavía más allá, en las páginas sobre medicina, un artículo sobre la conferencia de la Gran Eminencia en el Jockey. Fotos, reportajes, temblores de voz, homenajes del Instituto de Francia. Posa con una señora muy de moño recogido combinado con un aire pícaro, tal vez su esposa, a menos que la amante-trofeo lo haya arrastrado hasta la meta en virtud de la ley de los ultimátums patentados («Me llevas al Jockey o lo nuestro se ha acabado...»). En el artículo se mencionan de forma elogiosa sus observaciones sobre las alteraciones del ritmo cardíaco provocadas por emociones demasiado fuertes. El artículo se titula «De las penas del corazón a los problemas cardíacos». ¿Tendrá que ver conmigo? Porque se trata, asegura mi 'maestro', de un fenómeno rarísimo, pero muy real, descubierto hace veinte años por un japonés. Lo denominan el «síndrome de tako-tsubo» (oigo al conferenciante modulando voluptuosamente sus consonantes linguolabiales mientras agita su lengua de reptil terrenal) en honor al susodicho japonés que, con el fin de demostrar la validez de sus teorías, se ahogó voluntariamente en las penas causadas por una *geisha* libertina hasta que la susodicha pena degeneró en un ventrículo calcificado. La cuestión me produce curiosidad porque, al traducirlo, «tako-tsubo», ¿no tiene gracia?, podría significar *corazón roto*. En este tipo de circunstancias, el *silent killer* experimenta ciertas dificultades para bombear la sangre y deja de latir a buen ritmo. Una vez afectado por este traumatismo, deja de desempeñar su papel de manera adecuada, *disfunciona*, prepara el terreno para el futuro drama, provoca una inflamación de la aorta, y a buen entendedor... Esta «cardiopatía de estrés» se desencadena, al parecer, tras una ruptura muy violenta, un despido laboral, la pérdida de un ser querido, una melancolía inédita, un luto, un conflicto familiar... ¿Es mi caso? ¿Había perdido yo a un ser querido? En cierto modo, sí... ¿Perdido de verdad? Todo depende de lo que se entienda por «perdido»... Que menuda historia... Un follón padre-hijo... Sin un verdadero culpable, sin un inocente puro y limpio de corazón... Más aún cuando yo no tengo intención alguna de ponerlo todo sobre la mesa... Hay cosas, sentimientos, secretos, trapos sucios, que no ganan nada con ser aireados en público, ni siquiera en una *novela*.

Todas las noches, cuando inquieto me pregunto si la Muerte Visitadora volverá, cuando siento que podría llevarme con ella por avidez rutinaria, cuando oigo los rumores de agonía que cual fétido vapor flotan en los pasillos, me consuelo (es absurdo pero no he encontrado nada mejor) pensando tierna y mecánicamente cómo entraríamos en calor ante las llamas de un gran fuego radiante pensando en las chicas mujeres (magníficas, gloriosas, desgraciadas, fieles, infieles, alegres, atrevidas, viciosas, angelicales) que han atravesado mi vida entre Violante y Vita. Todas ellas saben que me han modelado tal como soy. Me han señalado mis debilidades mis cobardías, también mis valentías. Cada una poseía lo que la otra no tenía. Cada una proponía su vértigo particular, su rabia su gracia su forma de amar de sacrificarse de traicionar. A cada una sí su conquista su debacle su felicidad su ración de aire. Yo debía, so pena de desacreditarme a mí mismo, seducirlas y seducirlas siempre a cualquier precio y abandonarme incansablemente entre sus brazos para así asegurar mi premio del día de la semana de la temporada. Solo las chicas mujeres podían decir lo que yo valía o no valía en el mercado del temperamento, de la moral, de la dignidad viril o simplemente humana. Ellas eran mi espejo más fiable. Mi valor oficial, actuarial, anticipado. Imposible contabilizarlas en mi noche insomne. Acordarme de sus piernas de sus ojos de sus gemidos por mucho que su ser colectivo me abrace fielmente. Su compañía, lo juro, supuso tres cuartos de mi felicidad terrena. Y sus placeres supusieron (tomo prestada la fórmula de *Jacques Maisonneuve*, el ilustre veneciano francófono) dos tercios de la mía. ¿Se acuerdan ellas siquiera de mí? Cuánto me gustaría pero, por desgracia, no lo creo ni siquiera en mis momentos de extrema vanidad patética de macho mermado por el tiempo. Me crucé con una de ellas poco antes de mi fatídico partido de tenis con Archi. Posó en mí una mirada tan vacía que por un breve instante dudé de haber sido su amante, de haber sido testigo de sus orgasmos adúlteros en la habitación a la que ella había venido a buscarme en la clandestinidad; yo lo recuerdo aunque ella lo haya olvidado. En aquella época, el señor Rachid, gran aficionado a los haikus, me decía sabiamente: «¿Un hombre en la vida de una mujer? El rastro de un pájaro en el cielo».

He acabado por comprender que los seres son mosaicos infinitamente inacabados. Y que en función de su fantasía se convencen de que les falta un pedazo, un fragmento, un *punctum*, sin el cual su identidad mosaico estaría para siempre mermada e inacabada.

Llevados por la imaginación, por el azar, les ocurre entonces que suponen que un desconocido, salido de la nada, y aprovechando esta única aparición improvisada, podría convertirse en ese pedazo. Deciden de inmediato (o, más bien, sus segundas intenciones deciden...) que necesitan a ese desconocido. Que lo han visto antes de verlo. Que se ajustará milagrosamente a la forma todavía vacía del mosaico impaciente por volver a encontrar el fragmento que le falta. Exigen entonces poseerlo. Incluirlo en ellos. Amarlo. Instalarlo en el lugar que le espera y cuya forma su ser ha adquirido por arte de magia. ¿El nacimiento del amor? Es eso. Nada más. Una cuestión de morfología, de agujero que tapar, de vacío que llenar, de puzle ideal. El sentimiento no tiene nada que ver, se contenta con seguir el movimiento.

La primera vez, había un poco de todo eso en la larga mirada de Vita cuando, en aquel restaurante, ella se enamoró sin que nadie, yo el primero, pudiera oír el ruido de su caída.

Aquel día y los siguientes no tuve más remedio que adaptarme al papel, a la forma, a la amplitud, a los contornos, que ella inconscientemente me había atribuido.

Yo había puesto cara de fragmento, de *punctum* que falta. Me había dejado imantar por el mosaico. Era necesario, so pena de perturbar el orden del amor, no modificar nada en la armonía preestablecida que me había transformado en afortunado vencedor.

¿Quién era realmente la persona a quien ella había decidido amar?

¿Cuánto tiempo podía durar aquel malentendido?

Algunas noches, sobre todo a «la hora de la desesperación», tiemblo ante la idea de que el demonio que vive en mí, que no me suelta, arranque las máscaras que hasta entonces me han ocultado.

De que Vita al fin me vea envuelto completamente en mis artimañas y mis habilidades. Bien atrapado en mi papel arquetípico en el que me he ovillado para gustarle. Para adecuarme a su mosaico.

La Muerte Visitadora regresa a mi habitación al día siguiente. Solo el tiempo de tumbarse a mi lado, de olfatearme, de acariciarme, de murmurarme unas palabras:

—Está bien, lo he entendido... Y ya veo que no tienes ningún gallo para mí... Así que tienes ganas de vivir... Lo respeto... De todas formas, con tu vecino tengo mucho trabajo entre manos... Me despido de ti hasta pronto... Si cambias de opinión, rondaré siempre por aquí... Hace unos días, a propósito de una actriz que se parecía mucho a tu mamá, Gaby Morlay, creo que era, te decías que hay que saber dejar marchar a los muertos, abandonarlos a su libertad de la nada... Pues bueno, para mí es lo mismo, hay vivos que debo abandonar a su voluntad de vivir... Lo que no quiere decir que les dé la razón, sino que están en su derecho de no caer rendidos a mis pies a primera vista... En cualquier caso, sé que de todas formas les hago un enorme favor...

—¿Por qué?

—Porque sin mí, sin mi inminencia posible a todas horas, le concederían importancia a todo lo que no la tiene... Con mi existencia, permito que los más inteligentes relativicen sus desgracias secundarias... Puede que un día comprendan que yo soy el escultor indiscutible de su vida, una vida que sin mí jamás tendría ni pies ni cabeza y sería pesada como la eternidad...

—No tengo nada en contra de la eternidad...

—Por supuesto, pero párate a pensarlo un momento... Antaño, cuando me paseaba por el Olimpo, gracias a mi ociosidad pude comprobar hasta la tragedia de los dioses privados de óbito... Vivían en un mundo sin sabor, sin conclusión existencial, sin horizonte fatídico, porque su vanidad de inmortales los había empujado a rechazar mis servicios... Y tú mismo puedes constatar que eso no los llevó muy lejos... Los cristianos, por el contrario, me han reservado el lugar de honor en su sistema, por eso se mantiene en pie su negocio de la mística...

—Supongo que volveremos a vernos... —murmuré.

—Sí, es absolutamente inevitable...

—¿Ya no le apetezco?

—No se trata de eso... Pero, ¿sabes?, jamás aceptaré que los humanos no se den prisa por reunirse conmigo... Que crean que prefieren pasarlas canutas el mayor tiempo posible...

Dicho lo cual, se puso de pie, abrió la puerta y sin hacer ruido se marchó hacia el pasillo en el que unos cuantos impacientes, contadísimos dioses griegos, la esperaban. Gemían. Su sonora desesperación hacía temblar las paredes. Su deseo de morir me expelía con fuerza hacia la orilla de los vivos.

Unos segundos más tarde (segundos u horas, ya no sé medir el tiempo), percibo una sombra que gesticula en el balcón de mi habitación. Una sombra con una mano. Una mano que se cuela. Abre la ventana. Aparta la cortina.

—Te he oído hablar en la oscuridad... Está claro que soñabas... He preferido esperar a que despertaras...

Es mi querido Bernard LesVies, el rebosante de energía, el fogoso aventurero... Me explica que viene de viaje relámpago desde el Kurdistán en avión militar... Quiere comprobar *in vivo* que ya les he retorcido el pescuezo a quienes querían aniquilarme.

—Estaba charlando con la muerte... A veces viene a verme...

—¡Mira que cuentas tonterías! La muerte no va con nosotros, lo sabes muy bien... Cuando seamos centenarios, bueno, por qué no, pero antes, sería absurdo... Te prohíbo que te veas con esa zorra, ni en sueños...

Conoce bien la clínica en la que estoy, y más en concreto la habitación que ocupo, ya que cuando iba al instituto vivía justo enfrente. Observaba el trasiego de los enfermos, los médicos, las enfermeras. Es ese trasiego el que forjó, desde muy temprano, su desprecio definitivo por la nada y sus alrededores.

—¿Te das cuenta? —me dice—, has estado a punto de estirar la pata a veinte metros del lugar donde nací, donde leía a Kant y a Spinoza en mi cuarto de estudiante, donde me preparaba para convertirme en campeón...

—¿De qué querías tú ser campeón?

—¿Cómo iba a saberlo? Quería ser campeón de todo... En el pelotón de cabeza, ya me entiendes... *Avanti! Avanti!* De otro modo, no merece la pena... (*un silencio*). Pero antes que nada dame noticias tuyas...

Le suena el teléfono. Sin duda un presidente. Bernard habla en un inglés *globish* trufado de expresiones en clave. Adivino que prepara una hazaña apoteósica. Varias cadenas de televisión lo esperan. Distintas delegaciones de condenados de la tierra le han pedido audiencia. También debe dar la bendición a sus hijos, mantener conversaciones con ministros, comerciantes de armas, magnates internacionales, con su amada, antes de volver a subirse a su avión mañana al alba.

—Me divierto, ya sabes...

—Lo sé... Corres, corres, y yo no puedo ni moverme...

—No pasa nada, ya te pondrás luego en marcha... Lo más importante es mantener el rumbo...

—¿Qué rumbo?

—El rumbo de la felicidad, ¡qué va a ser! Es la única dirección buena...

—Pero ¿cómo encontrar la dirección de esta dirección?

—Muy sencillo... Solo tienes que consultarlo con tu instinto brújula... Y no olvidar nunca que la felicidad no es solo una presa que hay que saber cazar, sino que también es un cazador que debe tomarte, a ti, por presa... Hay que darle ganas de que te eche el ojo, de que te magnetice, de que te atrape... Es lo que yo hago... Tu amigo Stendhal sabía muy bien todo eso, y escribía «la caza *de* la felicidad», no «la caza *a* la felicidad»... Con el dativo, tienes una felicidad presa; con el genitivo, también tienes una felicidad-cazador...

—¿Y qué ocurre si a la felicidad no le apeteces?

—¡Pues que se la obliga! Por cierto, tengo previsto crear una nueva Internacional de los *Amigos de la Buena Vida*... ¡Solo se admitirá a los partidarios de la felicidad! Los aguafiestas, los yoguis, los austeros, los monjes de Port-Royal, los resentidos, los amargados, los falsos hedonistas ya pueden irse por donde han venido... Al principio no seremos muchos, pero, si sabemos cómo hacerlo, con un poco de publicidad, la cosa se irá llenando progresivamente... En el avión venía leyendo el *Sardanápalo* de Byron, ¡ay, este Byron, qué tipo tan magnífico!, y encontré en la obra una frase, la última, que podría resumir el espíritu de esta pequeña confraternidad: «Si el curso de nuestras vidas toca a su fin, ¡escojamos la alegría!». ¿Qué opinas?

—Quiero ser miembro fundador de esa Internacional...

—Por descontado... Pero antes habrá que liberarte de todas tus melancolías... Lo raro de ti es que amas al sol y a la luna al mismo tiempo... Sabes ser feliz, pero no pierdes ni una ocasión de sufrir... Cualquiera diría que te gusta... Espero que al rectificarte el corazón hayan aprovechado para reparar ese defecto de fábrica...

De nuevo el teléfono. Esta vez, una mujer. Él le propone una cita en el Valle de Panshir al día siguiente. Al otro lado de la línea, parece que hay dudas. Una pregunta me corroe por dentro:

—A ver, ¿de qué te sirve tener varias vidas?

—Pues, querido, me permite ser heroico y admirable, escribir libros, conversar con los maestros del mundo, de la ciencia, de la inteligencia, defender a los humildes, ser amigo de los ricos, ser rico yo también mientras sigo siendo moralmente humilde, ser admirado, admirar, ser odiado, ser adorado y valiente, ir bien vestido, ser artista, hombre de negocios, imprudente, padre de familia, latinista, helenista, amante vigoroso, amigo fiel... ¿Lo dejo ahí?

Estoy impresionado.

Mi querido LesVies me da ganas de seguirlo, de imitarlo, de tomar su ánimo como modelo. Su amistad es, en el orden fraternal, el equivalente de lo que representa el amor de Vita en el orden de las orquestaciones principales.

O si no, ¿por qué no lo dejaría a él arremolinarse tranquilamente en mi lugar? ¿Ser mi representante en la vida agitada? ¿Mi enviado especial en el mundo que se mueve?

—Cambiando de tema, ¿qué estás leyendo ahora mismo? ¿A quién estás viendo? ¿Estás al corriente del golpe de Estado que se prepara en Turquía? Voy a intentar organizar eso...

—¿Cómo piensas hacerlo?

—Tengo un plan... Para empezar, debo escribir un libro para demostrar que Putin, Erdogan y el príncipe Salmán son malos lectores de Heidegger, o, si lo prefieres, son *lectores demasiado buenos* de Heidegger... A continuación, pasaré a la fase número dos, que será más o menos militar... Después de lo cual, se elegirá a demócratas humanistas aronianos tocquevillianos y se les pondrá al mando, con el fin de que reine para siempre o temporalmente una primavera pacífica y turca... La idea es buena, ¿a que sí? Mientras tanto, no perdamos el tiempo: ¿cuándo sales de esta clínica?

Parece irritado por todos los cables y las máquinas eléctricas que me salen del tórax, de las venas. Observa con curiosidad las pantallas que, por encima de mi cama, me miden el pulso, la tensión, las ondas mentales. Echa una ojeada de disgusto a la venda que me envuelve como a una momia.

—Me moveré en cuanto mi tórax vuelva a pegarse un poco —le digo finalmente...—. Me duele, ¿sabes?... Menos mal que existe la sangre del diablo...

Adopta su pose de asombro. ¿El dolor? Él no lo conoce. Se ha fijado bien, mientras exploraba la miseria del mundo, en que el dolor existía indiscutiblemente, pero a título personal, en él mismo, en lo más hondo de su persona, jamás lo ha conocido ni probado... Ni el dolor físico, puesto que es un héroe que no teme a nada y que sabría mantener el tipo frente a la tortura de la barrena y de la rata nazi. Ni el dolor sentimental, puesto que, en su existencia, *everything is under control*... No será él, no, de eso nada, quien se postre a merced de un sufrimiento, de una pupa, de una desilusión, de una Violante, de un pichón simbólico, de una pena del corazón... Se ha vuelto ignífugo... Es imposible encontrar la falla en su coraza... Su madre fue mucho más previsora que Tetis, madre de Aquiles, y lo sumergió enterito en el Estigia para que él no padeciera por culpa de un talón vulnerable... Un día, precisamente en la época de Violante, en que me vio sufriendo por mi primer *corazón roto*, me interrogó, de buena fe, y hasta tomó apuntes, sobre los dolores del amor, su intensidad, su frecuencia, su peculiaridad. ¿Dolía más que una intoxicación alimentaria? ¿Que una quemadura de segundo grado? ¿Era más molesto que una mala insolación? ¿Menos?

—¿La sangre del diablo? Qué interesante... ¿Debería probarla? Quiero experimentar todas las sensaciones... Pero ya podrías haberme pedido sangre de la mía... Que está llena de vitaminas... ¿Quieres?

—¿Sabes? El corazón me dejó de latir durante 155 minutos... Casi tres horas durante las que estuve vivo-muerto...

—¡Fascinante! Tendré que probar también eso... Me hace pensar en el gato de Schrödinger... ¿Te acuerdas de cuando comimos en la plaza de la Sorbona? Fue el día en que acababas de conocer a ya sabes quién... ¿Sigue existiendo? Una chica con unas increíbles piernas americanas... Todo eso habrá que escribirlo: las piernas americanas, el gatito Schrödinger, todo... Porque el tiempo pasa, hasta para nosotros... Escríbelo ahora mismo... Si no, dejará de existir...

—Pero es que no puedo... Sufro... He olvidado la forma de las palabras... Me cuesta incluso entenderlas cuando las leo en los periódicos...

—¡Eso es! Conozco la sensación... Cuando tomo demasiados chismes estimulantes, me pasa lo mismo, ya no sé escribir... Lo que hago es que me busco una grabadora y lo dicto para después... Mira, la llevo en el bolsillo... Te la dejo...

Me tiende su aparato. Es buena idea. Le confiaré mis pensamientos. Y después ya veremos.

—Bueno, eso no es todo, hay que volver a ponerte las ideas en su sitio, ¡y rápido! No me ha hecho ninguna gracia tu sueño con esa zorra de la Muerte... ¿Qué te imaginas? ¿Que ya estás listo? Me prometiste que nunca estarías listo...

—Y, sin embargo, Shakespeare...

—¿Qué pasa con Shakespeare?

—Lo sabes muy bien, el último acto de *Coriolano*, te lo he citado muchas veces: «*readiness is all...*».

—Pobre Shakespeare, le hacemos decir lo que queremos... Mis amigos kurdos hasta piensan que escribió *Ricardo III* pensando en ellos... Si resulta que es cierto, tendré que comprobarlo, lo que Shakespeare tal vez quería decir es que hay que *estar listo para no estar listo*... Y entonces, esta muerte onírica pasará de largo...

—¿Sabes? Me exige un gallo...

—Ah, ya veo, la señora te toma por Sócrates, ¿y qué más? Si te ha exigido un gallo, eso demuestra de sobra que no existe, que lo has soñado... ¿De verdad te imaginas que la Muerte ha leído a Platón? Venga, hombre... La Muerte es intratable, indigna, ladrona, pretenciosa, fea, aburrida, inútil, miserable... Yo jamás le permitiría colarse en mi sueño soberano...

Nos quedamos hablando hasta el amanecer. De todo. Como de costumbre. La siguiente guerra civil, la República, sus enemigos, los gentiles, los cabrones, los asesinos, el futuro, los *gender studies*, el Actor Famoso, las guerras olvidadas, los chalecos arcoíris, las ocas del Capitolio, la franja de Gaza, la vanidad del uno, el valor del otro, el quién se acuesta con quién, la soledad de todos... salvo en lo que a nosotros se refiere, ya que somos respectivamente nuestros propios contemporáneos en este mundo.

En su compañía, olvido fugazmente mi *corazón roto* reparado. Me reprocha haber estado a punto de fallar a nuestro juramento de ser inmortales durante al menos un siglo. Me aconseja una vez más que tome notas. Que deje constancia de mis sensaciones. Todas mis sensaciones.

—¿Lo entiendes? —prosigue—. A personas como nosotros, tan afortunados desde que nacimos, no todos los días se nos presenta la ocasión de estar en contacto con lo menos favorecido... Hay que aprovecharla, recogerla y encerrarla sin dilación en una frase, una página, una banda magnética... El resto, para la galería... No te olvides de la grabadora, ¿me lo prometes? Dictas y dictas, luego ordenas las palabras, y después ya lo releeremos...

Mi noble y cariñoso segundo hijo se obstina en tomarme por el héroe que nunca he sido.

Esta mañana, ha dejado en la clínica un mensaje febril en el que me reitera su amor, su abnegación, su necesidad de mí, su suerte de creerme invencible. Es mi Telémaco particular, lo cual, dicho sea de paso, me brinda la ilusión muy poco razonable de ser tan astuto como Ulises, de poseer, igual que él, el arte del regreso, aunque sea del hogar de los muertos. Cuánto aprecio a este hijo tan filial que jamás duda de la intrepidez victoriosa de su padre.

En Ítaca, es decir, en cada rincón de este mundo, los pretendientes con demasiadas prisas por acostarse con Penélope no dejan de repetir que Ulises está muerto, que así aprenderá a no abandonar a su devota esposa, que Circe, Neptuno, sus sirenas y demás lo han encadenado a los sentimientos o en el fondo del mar, pero el hijo de Ulises no se cree nada. No olvida nunca que su padre es la habilidad y la astucia personificadas. Que sobrevivirá a su largo viaje... Que regresará para desenmascarar a los presuntuosos que sueñan con ocupar su trono y su lecho...

En su carta, mi amabilísimo Telémaco me ruega simplemente que escriba una frase solemne de mi elección, una de esas frases que sirven de divisa y coraza contra el enemigo, que se la haga llegar para que él pueda tatuársela y conservarla para siempre bien visible cual filacteria en torno a su muñeca. Piensa que mi frase, de mi puño y letra, y sobre su piel tatuada, sabrá, como es el caso de los masáis, los presidiarios, las tríadas y otras tribus patibularias supersticiosas, protegerlo de todos los peligros de la vida. Su plegaria me conmueve. Voy a buscar una frase memorable y digna de nosotros. Se la ofreceré como testimonio de nuestra alianza.

En cuanto al gallo de la Muerte Visitadora, mi amigo LesVies no se equivocaba: no era más que un sueño, un sueño desagradable, una pirueta más o menos macabra con el fin de esquivar un terror nocturno. De ese modo, no obstante, había rebobinado el hilo de mi vida y, sin querer, me había encontrado de nuevo en sus inicios. Respecto al gallo, debido a una cómica conexión semántica, de carambolas léxicas, de formas animales, la criatura había tomado el tortuoso camino que lo había conducido hasta mí. Inocente, encaramado a sus dos sílabas, se adueñaba para él solo del pichón devorado por Violante en Vézelay, de mi propio pecho cizallado, de mi vida en tiempo de prórroga... El conjunto me mostraba *in fine* una secuencia muy antigua. Se trataba de un buen recuerdo regresivo y bienvenido. No me disgustó revisitarlo mientras los gritos del Actor Famoso me impedían encontrar la paz y conciliar el sueño.

A mí alrededor, el olor de un instituto de otra época. Con mapamundis, departamentos franceses rosas verdes amarillos, esqueleto humano de plástico, tarima, tinteros, perfume de tiza rechinando sobre la pizarra negra.

Me gusta este momento. Precede por poco mi primer contacto con el Pensamiento en mayúsculas.

El profesor acaba de aparecer.

Lo envuelve el halo de una reputación de gran fantasía filosófica. Fuma con avidez sus cigarrillos Marigny. Lleva unas gruesas gafas de miope que le confieren un aire atolondrado y vacilante. Unas manchas de café han transformado su camisa en piel de leopardo, sus zapatos están dados de sí, sus uñas llenas de mugre, él se muestra jovial y no para de moverse. Me impresiona.

Ya entonces sé que es un héroe que con veinte años dirigía el maquis de Chartres. También sé que es amigo del general de Gaulle, de Jean Vilar, de la Justicia, del Bien, de todas las formas de Resistencia y de valor. Por no hablar de las distintas actrices de teatro, famosas bellezas, con las que se casó antes de convertirse a la fe agustino-kierkegaardiano-pascaliana. Se cuenta que, desde hace poco, charla a menudo con Dios, el cual, se rumorea, le proporciona valiosísimos datos sobre el futuro del mundo, de la trascendencia, del pensamiento.

Aquel día, aquel lejano día, deslumbra, cautiva, ejecuta gamas, *fouettés* y *jetés* conceptuales cual impecable solista. Quiere seducir a primera vista. Es un artista excepcional, un acróbata digno de la Corte de los Papas, su *troupe* reúne a Kant, a Claudel, a unos griegos, a varios alemanes, a poetas y a la mayoría de las grandes mentes que cambiarán mi vida. No me desagrada en absoluto que mi fantasía caprichosa me haya arrojado a esta escena de antaño. Pero ¿qué debo buscar en ella? ¿Qué debo encontrar?

Para empezar, el Profesor elige una figura ineludible, un imprescindible, un modelo iniciático, del que se vale como de un caballo con arcos para saltar a las esferas celestes. Se trata, cómo no, de la muerte de Sócrates.

—Así que, veamos —declama—, el bueno de nuestro Sócrates va a morir, así lo ha decidido la ciudadanía, se ha tomado su cicuta, su alma echará a volar como un globo inflado con helio, pronuncia sus últimas palabras... Es un gran momento para Occidente, un punto de inflexión entre Atenas y Jerusalén... Una precuela, como dicen en «Hollyvuuud», de la futura crucifixión de Jesucristo... Pero ¿quién sabe cuáles fueron las últimas palabras del cristológico Sócrates?

En la clase hay un chico, ya sabio a aquella edad, que era, creo recordar, descendiente directo de Charles Péguy, un democristiano reconvertido en bergsoniano que lo sabe todo, y que responde en el acto:

—Sócrates les pide a sus discípulos que le lleven un gallo a Asclepio, su médico...

El profesor se entusiasma, abraza a su campeón, lo enviará al concurso escolar nacional, sin duda, pero le exige un poco más, quiere ser su comadrona, traerlo al mundo, sonsacarle un poco de metafísica.

—Es bastante extraño, ¿no? Que a alguien a punto de morir se le ocurra enviarle un gallo a su médico. A ver quién me lo explica...

El péguysta da un salto, lo sabe... La Antigüedad, su patria, ya no tiene secretos para él. Se apresura a responder...

—Los griegos no le pagaban a su médico hasta que sanaban... Pues bien, Sócrates piensa que la muerte es la sanación suprema, de ahí el gallo para agradecerle a Asclepio quien, al dejarlo morir, lo ha sanado definitivamente...

El Profesor baja de su tarima, tropieza, busca su paquete de Marigny aunque ya lleve un cigarrillo encendido en la comisura de los labios, da un beso al campeón péguysta, lo bendice con un verso enfático de Valéry («¡Oh, recompensa después de pensar...!»[6]) y lo abraza paternalmente. Estamos en el Pórtico, en Epidauro, en Delfos, a la orilla del Iliso, el futuro de la inteligencia nos espera, vamos a ampliar el mundo, a interpretarlo, transformarlo, reformarlo, embellecerlo, repararlo.

La Muerte Visitadora, sin duda informada de mi propio pasado (¿se encontraba ella ya, adormilada, en aquella aula del pasado?), no se había equivocado al cargar las tintas: dado que se trata de la sanación suprema, ¿no habría sido más sensato por mi parte aceptar su propuesta? Igual que Michel... O, como mínimo, ¿prepararme para aceptarla? Nada de tragedias, nada de sorpresas desagradables al respecto. Se nace, se muere, se paga al médico, nada que añadir a esta rutina. ¿Debería enviarle algo a la Gran Eminencia si me muero? ¿Una foto dedicada de Amélie Nothomb? ¿Un pichón? ¿Un grabado erótico? ¿Un par de mocasines?

Cuando por fin el sueño me venció, Asclepio, de Gaulle, Sócrates, el héroe del maquis de Chartres, el Actor Famoso, Péguy y unos cuantos más se enredaron en un guirigay de

---

6. Quinto verso del poema «El cementerio marino», de Paul Valéry.

nuevos sueños. Todos se conocían. Bromeaban. Formaban parte del mismo círculo sabio e imaginativo. Se inclinaban todos juntos sobre mi magullado corazón para enseñarme a pensar, a morir, a atravesar la noche que concede a quienes sueñan un encantamiento particular, además de una sencillez, una armonía, que el día sin sueños no conoce.

Las horas pasan. Revivo. Tom Hanks me anuncia que ya es hora de aprender otra vez a caminar, «de reconciliarme con la verticalidad», dice, y me empuja educadamente en una silla de ruedas (yo, en silla de ruedas... Me moriría si Vita, Archi o Bernard me sorprendieran tan impedido, ya corroído, un desecho precoz...) hacia la sala donde las enfermeras ayudan a los convalecientes a poner un pie delante y el otro detrás. Obedezco. Cada gesto exige esfuerzos inhumanos. Poseo el cuerpo pétreo de una estatua yacente. ¿Adónde ha ido a parar mi vida?

En la sala, entre las máquinas, me fijo en el Actor Famoso. Gruñe. Me observa de lejos. Insulta al foro. Agrede a las enfermeras: «Tú, tú, ¡tienes las tetas como a mí me gustan!» o «¿Puedo chuparte las tetas?». A veces, les tiende un dedo, el índice, y con un aire soez les suelta: «Este es el que te gusta, ¿eh? Vamos, ven, vamos a guardarlo calentito en tu conejito...».

Me colocan a su lado. En una máquina que debe devolver la musculatura a mis piernas y mi espalda de paja. El Actor Famoso me mira mal, me clava la mirada en los ojos, hinche su pecho inmenso y gelatinoso, levanta sus tetas rosa porcelana, tan femeninas, y con un ritmo agresivo, aunque muy de teatro francés, declama:

... un hombre de mi cuna,
cuando se hace culpable, se comporta con mayor altivez;
que es necesario para tentarle un gran crimen, por medio
del cual,
con el poder adquirido con su ayuda pueda quedar salva-
guardada su reputación.[7]

Luego me dirige una sonrisa cómplice y añade:

—Un hacha este Corneille, ¿no cree? Eso era del *Nicomedes*... ¡Menudo coñazo! Pero así me aclaro la garganta... Que, desde la carnicería que me han hecho, es de lo único que me acuerdo... Todo lo demás, pfff-pfff, olvidado... Beckett, Chejov, Claudel, y compañía, pfff-pfff, fuera... ¡Olvidado! Todo se ha hundido en el fondo de mi bolsa de mierda... ¡Malísima señal! En cualquier caso, soy muy consciente de que voy perdiendo el pellejo trocito a trocito... Hasta mi vientre, mi recipiente sagrado, qué triste, está destrozado por todas partes... Vengo aquí para que no se diga... Por el conejo de las enfermeras, si están dispuestas a excitarme una vez más... La voy a diñar, está claro... Personalmente, no me importa, ya he vivido lo mío... Lo único que me gustaría es seguir empalmándome un poco más... Porque cuando te empalmas, te lo aseguro, la nada tiene las manos atadas contra ti... ¿Tú también la vas a diñar? Dicen que escribes libros... Eso está bien... Tienes suerte... A mí ya no me queda... ¡Se acabó! Venga, largo, a otra cosa, mariposa...

7. Versos del acto IV, escena I, de la tragedia *Nicomedes* de Pierre Corneille (1651), en la traducción de Miguel Pérez Ferrero y R. Santos Torroella publicada por Espasa-Calpe.

Resopla. Hace muecas. Siente odio. Un minotauro al que le sale espuma por la nariz. Un macho cabrío relleno de ajo, de taninos y de metano. La vida en él lleva cociéndose mucho tiempo. Un viejo guiso. Miro sus manos gruesas, peludas, rugosas, consteladas de flores de cementerio. Han acariciado a las mujeres más guapas del mundo. ¿Cómo ha podido este cuerpo flácido y estruendoso encender el deseo de todas esas muñecas, esas gráciles, esas divinas actrices que no se han aburrido en su cama? ¿Qué le veían? A menos que la soledad y la vanidad —¿no lo sabía yo ya?— sean las únicas que dirigen el cotarro de los deseos; y cuando no lo es una, lo es la otra... Como en otra época le sucedió a Ava con Françoise... Ese tipo de cosas, el hecho de que una belleza quiera entregarse a alguien menos bello, nunca se sabe a qué se debe ni cuánto tiempo dura... Por mi parte, y teniendo en cuenta que las circunstancias varían, nunca he comprendido lo que ciertas mujeres les veían a ciertos hombres...

De repente se pone a aullar...
—¡Me duele, por Dios santo! Me duele... ¡Socorro!
Unos enfermeros intentan calmarlo. Se lo llevan de nuevo a su habitación. La última mirada que me dirige está llena de baba verdosa y furiosa. Sus ojos desorbitados son rojo crepúsculo. Oigo su voz alejándose por el pasillo... Se vuelve hacia mí, me escupe una descarga de veneno:
—¿Sabes? He leído tu libro... Bueno, las primeras páginas... ¡Cuánta cursilería! ¡Menuda gilipollez! Alguien se lo dejó en mi habitación, seguro que el director médico... ¿Cómo se pueden escribir tantas chorradas de ese calibre? Tu Blanche no es más que una zorra... Uno se da cuenta enseguida... Las tipas así, créeme, no son ningún regalo... ¿Follaba bien por lo menos?
Sigo oyendo su voz mientras se aleja por el pasillo.

—... Y entonces, a ver, ¿me vas a enseñar o no me vas a enseñar el conejo, por Dios?

Más tarde me enteraré de que murió esa misma noche mientras insultaba a su enfermera. Aulló, se tiró un pedo enorme, se hundió en el fondo de su «recipiente sagrado»... Tom Hanks está alteradísimo. Los paparazis han montado unas carpas con barra de bar y antena de televisión delante de la clínica. La Gran Eminencia tiene previsto asistir a las exequias en la iglesia de Saint-Roch. Le encantaría que le pidieran pronunciar unas palabras para la ocasión. Aunque teme verse relegado por *celebrities* más famosas, ocultas tras sus gafas oscuras y su desconsuelo profesional.

Me había sentido inexplicablemente conmocionado cuando el Actor Famoso había tendido su dedo índice a la enfermera. No por las obscenas palabras con que lo había acompañado. Ni por su fatal desenlace de la noche siguiente. Sino porque ese gesto, ese índice, esa indecencia y esa violencia masculina encontraban cierto eco de la infancia en una escena colonial que aún perduraba en mí. Una escena muy primitiva. Prácticamente fundadora de mi prehistoria, sepultada y de repente resucitada desde que habían querido reparar mi corazón.

Sucedía bajo el sol asesino de ultramar.

Todavía tiemblo al pensarlo.

Aquel día, un joven árabe miserable y orgulloso, lozano y enjuto, sin duda un pastor, lanza una mirada furiosa al conductor del Thunderbird que acaba de salpicarle.

Mi padre no ha hecho nada por sortear el charco de agua negruzca. Tiene prisa por llevarme a la orilla del mar, donde él podrá pavonearse mientras yo juego en la playa. Su indiferencia ni siquiera pretende ser despectiva, él es el amo, eso es todo, dueño y señor del lugar con eterna impunidad, con derecho a actuar como le venga en gana sin preocuparse por las insignificantes criaturas que tienen la insolencia de no apartarse de su camino.

Pero el pastor, tal vez ya un rebelde patriota terrorista sublevado a saber dónde o un asesino de colonos blancos, no lo ve de la misma forma. Suelta de inmediato su sarta de insultos. Levanta su bastón, un cetro de pacotilla no muy aterrador. Propina un golpe seco a la rutilante carrocería, cuya chapa se curva y se desconcha en el acto.

El infeliz venía a la ciudad a vender su exigua cosecha de manzanas. Por desgracia se ha cruzado en el camino de un falso Gregory Peck que en ese mismo instante cruzaba la plaza mayor con su hijo, yo, a su lado.

Mi padre está furioso. No soporta la arrogancia autóctona, se toma el asunto como una agresión, una amenaza, un desafío inadmisible que compromete el honor de Francia, *allons enfants de la Patrie...* Salta del coche como si se lo llevaran los demonios. Da un empujón al pastor, que con osadía se niega a bajar su mirada en llamas. Por lo que mi padre debe poner fin a toda esa insolencia, es un hombre, maldita sea, solo faltaría que se dejase humillar delante de su hijo, así que blande el índice de la mano derecha, un poderoso y musculoso dedo con uña del que se siente particularmente orgulloso porque, y es su típico número cuando quiere dejar boquiabierto al público, introduciendo dicho índice dentro del cañón de una carabina, es capaz de levantarla cantando al mismo tiempo una marcha militar. Cuentan que Alexandre Dumas hacía lo mismo, así que el éxito está garantizado, mi padre es fuerte como un toro, todo el mundo lo sabe.

Así que blande su índice y lo clava furiosamente, sí, como un picahielos, en el ojo insolente del pastor que aúlla de dolor, tropieza, se desploma, vuelve en sí, agarra un cuchillo oculto bajo su chilaba y se abalanza sobre mi padre, que lo esquiva. El ojo del árabe ha salido disparado como una canica de ágata. El gentío se interpone. Aglomeración. Policía. Bramidos. Mi padre es declarado inocente en el acto. Las altas autoridades han acudido, incluido el subprefecto, todos lo protegen, le presentan mil excusas, trincan al pastor insolente culpable, no podría ser de otra forma, es la guerra, señor, no hay que perder los nervios, con los pastores nunca se sabe, pueden vengarse por la espalda, o degollarlo como a un cordero. De todas formas, es en legítima defensa, etc. Se sube de nuevo en el coche. El barro le ha ensuciado el dobladillo del pantalón de lino.

El ojo del pastor expulsado de su órbita se balancea un poco debido al nervio que lo sujeta. Un perro saltarín y sarnoso querría engullirlo, no lo consigue, huye ladrando. No es cuestión de amargarse el día por culpa de un ya terrorista futuro que estropea la carrocería de un bonito automóvil rutilante y americano.

Por fin reemprendemos el camino hacia Paradis-Plage. Aquel día, mi padre podría haber matado al árabe sin que ello le planteara el menor problema moral. Además, ya había abierto la guantera para sacar su 7,65, siempre a mano y cargada. Pero había visto mi mirada de pavor. Eso lo había calmado.

Lo más extraño, en aquel momento, es que yo me había preparado mentalmente para admirar el gesto demencial de papá.

Él me había protegido, pensaba yo. Con esa protección que hizo invulnerable y mullida toda mi infancia y que nunca nada, aunque habría sido posible, desacreditará en tiempos venideros.

Más tarde, al leer por primera vez *El extranjero*, me convencí, pasando por alto toda verosimilitud cronológica, de que claramente Albert Camus se había inspirado en mi padre para escribir su novela. Lo que no tenía sentido alguno, por supuesto. Pero en mi cabeza enjuiciadora mi padre *podría haber sido* el héroe de esa novela cuya trama siempre me ha parecido inverosímil, puesto que en aquel ultramar un colono jamás habría sido condenado a muerte por matar a un árabe.

Mi madre odiaba esa violencia. Y a quienes la glorificaban. Obedecía a mi padre hercúleo, pero se guardaba su opinión para sus adentros. Por lo demás, quién sabe si no me puso Jean-Paul en homenaje a aquel Sartre, por aquel entonces desconocido para mí aunque no para ella, que denunciaba a los colonos más o menos racistas como mi padre. Ese fue, por mi inocente mediación, su único acto de rebelión como esposa dulce y pacífica.

Antes del sol en miniatura y de mi *corazón roto*, antes de mi pecho cizallado como el de un pichón, había firmado un tratado de paz perpetua con mi cuerpo.

Yo le otorgaba inmensos poderes. Él, a cambio, me respetaba. Nuestra profunda alianza, que repartía libertades beneficiosas para ambos, lo decidía todo. Mi cuerpo se reservaba determinados placeres. Mi mente se adaptaba mientras viajaba a su aire entre sus propias fantasías.

Me gustaba este orden natural que constituía la armonía constante de mi vida. Así que ninguna voluptuosidad podía rivalizar con la que me invadía cada mañana cuando me despertaba en el interior de mí mismo. Pienso en él desde entonces como en un paraíso perdido... ¿para siempre? ¿Quién puede decirlo?

En ese paraíso perdido, daba la bienvenida a cada día con absoluta satisfacción. Saboreaba mi saliva, escuchaba mi aliento, aguardaba el misterio de los escasos instantes compactos y no continuos que precedían a mis primeros movimientos. Era feliz sobre todo por no haberme despertado en la piel de este o de aquel otro cuyo cuerpo hostil, cuyo sucio careto, cuyo pelaje hipócrita y aliento fétido me repugnaban. Esta imaginación realzaba mi voluptuosidad. Era feliz por respirar y por existir en mí en ese preciso instante de tiempo.

Seguía entonces un ritual inmutable: recobraba uno a uno mis sentidos todavía nublados. Apreciaba sin prisas este chorro de presente absoluto, encadenado solo a sí mismo, sin un antes ni un después. En esos momentos, observaba mi cuerpo desde su interior, como un intruso, gracias a unos ojos particulares y quizá escondidos en las proximidades de mi plexo, de mis riñones, de mis entrañas. Al procurarme la agudeza de un nadador de grandes profundidades, esos ojos me ayudaban a barrer en silencio el reverso de la membrana que me envolvía. Espías fiables, dependían menos de mi fisiología que de un estado de ánimo, de un arte desprendido del distanciamiento, adquirido no sé cómo y prestado por un tiempo. Me gustaba esta capacidad matutina de separarme de mí mismo. Si tuviera que perderla un día, ojalá lo más lejano posible, sé que mis peculiares ojos ofrecerán sus servicios a un hedonista más inteligente. Y yo me quedaré ciego de nuevo. O triste. O abandonado.

Más tarde, cuando volvía a subir progresivamente de ese mundo interior, la vida siempre me parecía más nueva. Escuchaba cada uno de mis órganos. Constataba con satisfacción que ninguno de ellos pensaba en hacerme sufrir. Yo a cambio les garantizaba mi gratitud. Luego me ponía en manos de las primeras asociaciones de ideas que, al mismo tiempo, empezaban a chapotear en mi consciencia. Al principio, no eran más que olitas beneficiosas que se hinchaban, se agigantaban, titilaban, correteaban, se calmaban. Yo consentía con gusto su resaca, ignorándolo todo sobre la meta, el callejón sin salida, el vasto horizonte, el vértigo que me prometían.

Con todo, yo no sabía a quién agradecerle aquella satisfacción que se renovaba sin cesar. Ante la duda, planeaba de forma sucesiva darle las gracias a Dios, al Azar, a la feliz bifurcación que me había modelado tal como soy, o al *clinamen* que tal vez había desviado favorablemente mi suerte. Sin embargo, en mi visión de las cosas, Dios ya no existía y yo desconfiaba del Azar. ¿Y alguien ha visto alguna vez a un hombre sensato postrarse ante un *clinamen* o una bifurcación?

Ce qui plaisait a Blanche [Lo que le gustaba a Blanche]: así se titulaba la novela que había excitado a la Gran Eminencia y a su amante-trofeo.

Mi prosa contorneada, abovedada, muy de pequeño aristócrata, desplegaba en ella con descaro sus mecanismos.

Exhibía también sus bíceps insignificantes con la intención, claro que sí, de convocar el gran espíritu de un pasado clásico combinándolo con travesuras para mujeres y varones modernos. El proyecto era peligroso. Corría el riesgo de desconcertar al lector anticuado a la vez que apenaba al amigo de las nuevas formas.

Había traído al mundo, sin buscarlo, un chisme clásico-barroco engañoso en todos los frentes.

Mi único beneficio: recibir, por parte de lectoras ociosas, varias proposiciones excitantes a las que no descarto responder un día si vuelvo a estar vivo del todo.

Mi editor, Olivier —un ser puro, una persona honesta a más no poder, un corazón inteligente y humilde, un señor feudal de la vieja escuela, siempre dispuesto a desenvainar la espada para proteger a su tribu—, me había prevenido:

—Hay demasiados ricos en tu novela... Por no hablar de esas postales, esos decorados de gente con pasta, esos refinamientos... ¿No podrías añadirle una pizca de extrarradio, de sordidez, de barro? ¿Con un toque de cielos grises y bajos? Sin olvidar unos cuantos desgraciados repartidos por aquí y por allá para demostrar que pese a todo te solidarizas con tus coetáneos menos favorecidos...

Iba calentándose. Yo lo dejaba hablar. Más aún cuando, conociéndolo de bastante cerca, sabía que nunca estábamos muy alejados...

—... Es eso, sí —había continuado él con una convicción relativa y muy profesional—, agrégale algún que otro tugurio, carnes tristes, pieles pálidas, chicas díscolas, hombres trágicamente heteronormativos... Así, tal como está, vas de cabeza al matadero... No olvides que los jansenistas han tomado el poder en las ondas, en la prensa, las modas, los cuerpos, las cabezas... Ellos buscan una melancolía desordenada, grandes superficies, turbiedad, y tú, mi querido irresponsable, vas y los paseas entre los afortunados del mundo, por un parque a la francesa, rodeados de tapices, de *jet set* y de maderas doradas... Y eso ya no es posible...

Poniéndose más serio, finalmente:

—... Súmale que habría que vigilar tu manera de hablar del bello sexo, por supuesto, porque las cosas ya no son como antes... Ahora ya no se seduce, ahora se deconstruye, se sufre, ya no se trata de escribir sin miramientos ni de osar la perversidad... ¡En fin, perdona que te lo diga de una forma tan brutal, pero tus personajes son demasiado limpios! No se les ve comer ni roncar, se tumban a la bartola en Capri y en el Palais-Royal, siempre con trapitos de diseño... Todo eso no está bien... Me das miedo... ¿O de verdad crees que los nuevos grandes inquisidores van a dejar pasar estas violaciones de la moral pública?

Me entraron ganas de replicar a la antigua, desde una altura apenas pretenciosa.

Ganas de aclarar que al fin y al cabo tenemos derecho a describir la sociedad que conocemos... Que el turismo social, solo por apetencia, era algo repugnante, inmoral y reservado a los canallas que solo buscan el éxito...

En cuanto a los héroes y las heroínas, Olivier sabía mejor que nadie que se les puede conceder un poco de intimidad... Que es incluso admisible dejarlos tranquilos con sus intrigas, no sorprenderlos sistemáticamente cual *voyeurs* indiscretos cuando se alimentan o hacen sus necesidades... Francamente, ¿qué sentido tiene espiarlos en medio de sus tráficos de necesidad?

Olivier todo eso lo sabía.

En ese momento recuperó el aliento. Se levantó. Me abrió sus grandes brazos de hombre albatros, sabio y conocedor de la especie, antes de concluir:

—Dicho lo cual, si eso es precisamente lo que querías hacer, si te sientes cómodo con tus cursiladas, si crees en ello, si para ti es importante, si le has inyectado pongamos que un diez o un quince por ciento de tu verdadera alma...

—E incluso más, mucho más —respondí yo.

—¡Pues entonces que los jodan a todos! Que yo te sigo, *perinde ac cadáver*... Jesuíticamente haré callar a las víboras y los reprimidos... Iré a partirles la cara si hace falta... Puedes contar conmigo... Esto me divierte y necesito hacer ejercicio...

Finalmente, todo sucedió como Olivier había previsto.

Mi *Blanche* acabó relegada, olvidada, desterrada, escamoteada en su viciosa alcoba.

Unos pocos piadosos señalaron mis mejores ráfagas retóricas mientras que los grandes batallones se burlaron de ellas. Mis frases redondas como guijarros moralistas y obsoletos, demasiado llenas de acordes mayores, acabaron de desacreditarme, salvo en el seno de dos o tres camarillas conservadoras.

Unos me alabaron por razones equivocadas.

Otros me reprocharon defectos que no tenía.

De la noche a la mañana, hubo malas lenguas que malhablaron. Amigos de treinta años que se esfumaron. Gente bien que se puso a dar zarpazos. Envidiosos de siempre que sacaron tajada. Frágiles aliados que se pasaron al enemigo con todos sus bártulos, golpes bajos, pam, pam, pumba.

Mi pequeño mundo me hizo comprender que había llegado la hora de pasar página.

La presencia de Aragon, que representaba a los teloneros de mi actuación, no cambió nada en este cóctel de pequeños y grandes fracasos.

En la parte comercial de mi mente, esta novela, con sus escenas explícitas, debía no obstante dar en su principal blanco, pero de eso nada. Las masas lectoras, que no vieron más que a una tía cachonda, pasaron ampliamente por alto, por arriba y por abajo, a mi *Blanche* y lo que a ella le gustaba.

Creo que no hizo falta nada más para aguarme la fiesta de otoño y precipitar, entre otras causas quizá más temibles, la transformación de mi aorta en cuello de pelícano...

Si vuelvo sobre esta cuestión narcisistamente dolorosa, no es por vanidad, ni por vana obsesión de un yo sujeto con el que, créanme, ya no mantengo la menor relación diplomática.

Sino más bien porque una parte de lo que yo era, sin avisar, ha muerto con el seminaufragio de este dramón cerebral y sexual.

Las mujeres del mundo habían aplaudido. Los hombres habían desconfiado. Los críticos me habían alabado o enterrado con gran pompa. Pero nadie había leído realmente. Como de costumbre.

Me cizallaron el tórax en el instante mismo en que mi heroína daba sus primeros pasos en el mundo.

Y me ha sido imposible desde entonces, sobre todo durante mis noches también en blanco, disociar mi *corazón roto* de esta criatura hundida en un *telefilm* con decorados de mármol falso y acorde con mi temperamento ítalo-preciosista.

Lo había entendido: lo que no habría tenido que hacer es escribir y soñar algo novelesco, clásico, bien peinado, en una época que ya no lo es. Si persevero en llegar a ser escritor (mi cerebro arcaico se ríe con ganas), procuraré componer con otros sonidos. Todo es posible.

Por suerte, a Vita le gustaba mi novela. Nada mojigata, había llegado incluso a darme algún consejo sobre este o aquel otro detalle del orgasmo femenino. Mi imaginación le dio ideas. Descubrí a una mujer con la que era factible partir a la caza del tigre. En fin, se divirtió mucho con la idea de que pudieran confundirla con esta heroína *swinger* y amiga de todos los sexos. Jamás de los jamases me preguntó en qué mujer me había inspirado para contar esta historia. ¿Acaso yo mismo lo sabía?

La Gran Eminencia me había prevenido:

—Cuando se toquetea el corazón, siempre hay consecuencias morales, casi filosóficas... A menudo ocurre incluso que, al salir del quirófano, uno ya no sea el mismo que era antes de entrar... En todos los planos... Íntimo, físico, ideológico, místico... Puede que cuando empiece a rajar usted sea reaccionario y que unas semanas más tarde resucite en el pellejo de un anarquista... Lo mismo para el sexo y el carácter... Es algo que tiene lugar en las profundidades, no se sabe muy bien cómo, pero es así... Así que habrá que vigilar todo eso, ¿eh? Téngame al corriente de sus oscilaciones, cuénteme por ejemplo si tiene intención de votar a un tipo al que antes aborrecía, o si le apetece acostarse con una pareja muy inusual para usted, y cosas por el estilo... Yo equilibraré su temperamento dosificando la medicación posoperatoria... A no ser, claro está, que quiera usted convertirse en otra persona...

No se equivoca: desde que desperté, mi corazón monta un jaleo nunca antes visto. Un guirigay salvaje y sordo. Un ruido de rabiosa caballería galopando a lo lejos. Reconozco el sonido mate, clamoroso y bien centrado del sol en miniatura sobre el cordaje de mi raqueta, pero esta vez ocurre en mi interior... La impresión de albergar un géiser, «una fuente de rítmicos sollozos»...[8] Veo mi sangre rojísima eyaculada por un ventrículo ya más blando que la nata batida. Esa sangre se vierte en la aorta, orgullosísima de su nueva firmeza bien esquejada por el parche de cerdo, y entra de sopetón en el cerebro, en el que cada parcela queda en el acto más irrigada que un arrozal o un jardín inglés. De inmediato, las ideas y representaciones que nacen en esta zona se sienten autorizadas a cobrar formas quiméricas. Cuando el guirigay oscilante alcanza su apogeo sonoro, puedo ver la cabeza de mi querido LesVies ensamblada en el cuerpo del señor Rachid, el tatuaje de mi hijo pequeño abrazando la muñeca de Proust, un vaporizador de Ventolín clavado en la cavidad ocular del pastor árabe, las dos uves de Violante y de Vita formando una sola... De vez en cuando, debo sacudir la cabeza para volver a poner orden en este baile de máscaras descompuesto y fantasmagórico. Es para volverse loco. Como ir al cine sin salir de mi cabeza. La locura ya no está muy lejos.

Tom Hanks me tranquiliza:

—No tenga miedo... Siempre es así después de la operación... Todo se calmará... Dentro de unos meses, ese guirigay mental cesará... Mientras tanto aprovéchelo... Estoy seguro de que hay cosas que un escritor puede rescatar de estos fuegos artificiales...

8. Del poema «La fuente de sangre», parte de *Las flores del mal* de Charles Baudelaire.

Así que había estado vivo-muerto.

En boca de la Gran Eminencia, era un estado casi normal. Una emulsión estable y poco metafísica. Un oxímoron de crucero. Como dulce violencia, silencio ensordecedor u oscura claridad.

Sin embargo, esta compresión verbal bien espoleada por la sangre del diablo se había puesto a zumbar a mi alrededor. Cual nube de abejorros, había irrumpido en mi cabeza, agitado mis sienes, alentado mi pensamiento mágico, siempre tan dispuesto a calentarse por cualquier cosa.

¿Había estado *un poco muerto*? ¿Qué debía hacer o pensar de ese fallecimiento provisional? ¿Qué lección extraer de ese viaje de ida y vuelta a la nada?

Desde un estricto punto de vista biográfico, lo más curioso es que este oxímoron y yo ya nos conocíamos.

Un antiguo conocido.

Digamos que de oídas.

Lo que significa: ya nos habíamos cruzado, en el pasado, sin saber que ese breve encuentro tendría en mi vida una importancia relacionada, aunque de forma indirecta, con las penas del corazón que me habían mandado al quirófano. De este modo cada causa tiene una consecuencia que a su vez se convierte en causa. Lo esencial es localizar el punto de partida.

En este caso, todo había comenzado una mañana de sábado en un rincón perdido de la Sorbona.

Yo tenía poco más de veinte años.

En el halo de ese día lejano, llueve sobre París y yo estoy ocioso. He quedado con Lévy-LesVies hacia el mediodía en un café del barrio. La Sorbona está desierta. Vago por sus pasillos llenos de olores adolescentes. Finalmente decido resguardarme en una sala casi vacía para esperar allí hasta la hora de mi cita.

Empujo una puerta, es un anfiteatro poco concurrido, casi abandonado, no obstante adornado por unos frescos de Puvis de Chavannes en los que se ven pastores, burros, músicos tocando el pífano, corderos mofletudos como nubes esculpidas por el viento.

Dentro hay un viejo profesor. Recuerda vagamente al capitán Ahab, no sé cómo se llama, pontifica con una voz provenzal en medio de un reducido público que lo escucha con un respeto pre-Mayo del 68. Bello rostro de rocío del mar, cabellos de espuma, cuello abierto, porte de aventurero refinado, lanza frases enigmáticas y alegres sobre el nacimiento de la geometría, la entropía, el dios Hermes, el *big bang*, los agujeros negros, las paradojas eleáticas. Las fórmulas crepitan, brotan, vuelan. Tiene una voz cantarina. Su inteligencia hace temblar las frescas nubes. Es un vaho luminoso. Él es sabio, socarrón, elocuente. Enciende grandes hogueras de alegría frotando a Parménides contra Zenón, el segundo principio contra las mónadas de la *Teodicea*. Los cínicos contra el imperativo kantiano. Y es entonces cuando, de repente, narra la famosa fábula cuántica del gato de Schrödinger.

Nunca he acabado de entender esta fábula, mucho menos aquel día, pero tenía gracia. Porque el tal Schrödinger, de nombre de pila Erwin y más bien estrafalario, en su momento había introducido conceptualmente un gatito en una caja equipada con un frasco de veneno y un pequeño martillo movido por ondas aleatorias. Si el frasco se rompía, el gatito moría a renglón seguido. Si no se rompía, el gatito estaba vivo. De esta forma, su destino dependía de vibraciones imprevisibles que, a capricho suyo, podían desencadenar o retener el movimiento de un destino incierto. De ahí la paradoja según la cual el gato estaba, mientras durara el experimento, a la vez *vivo* y *muerto*. Imposible saberlo...

Por lo tanto, yo mismo había sido, durante 155 minutos, ese abstracto gatito... Al no estar ni allí ni en otra parte, sino difunto y resucitado, había flotado entre dos mundos y me había perdido en la noche de los muertos vivientes. Bernard no se había equivocado al recordarme este precedente durante su visita nocturna. Más aún cuando aquel día, al encontrarme con él algo más tarde en el bar donde habíamos quedado, y estando yo más exaltado de la cuenta, me había interrumpido:

—Vamos a ver, no me puedo creer que este gatito vivo-muerto baste para ponerte así... Nos importan más bien poco las ondas cuánticas... Y el tal Schrödinger no es más que un sofista... En la realidad real, la única en la que tú y yo nos movemos, cualquiera puede saber si un gato está vivo o muerto... Este cuento chino solo le concierne al mundo invisible, es decir, un mundo en el que tú y yo no vivimos...

Se toma su té. Mordisquea unas cuantas cerillas. Echa un vistazo furtivo a las chicas que se arrullan por allí cerca. Vuelve a la carga:

—Te veo demasiado entusiasmado... Y no vengas a decirme que ese gatito vivo-muerto te ha causado tanto efecto... ¿Qué es lo que de verdad ha pasado en ese anfiteatro? Tú me estás ocultando algo...

Era obvio que había algo más.

De grandes y poderosas consecuencias.

Una importante intersección de dos series causales e independientes.

Dicho de otro modo: una encrucijada de la vida.

Mientras me iniciaba en el vivir-morir del gatito, mi mirada fue a parar, en primera fila, justo delante de las narices del capitán Ahab, a una chica despampanante. Era rubia, de piel y piernas americanas, de labios prometedores, de cabellos cuyo perfume, que yo inspiraba a distancia, era embriagador. Justo el tipo de chica que siempre hemos encontrado en las películas de Elia Kazan o de Douglas Sirk, una chica tornado, una llama, un arma de guerra.

El profesor la llama Kate. Así que se llama Kate. Me entero de que ha venido desde Colorado para estudiar literatura francesa, historia de las ciencias, ruso, hasta chino, piano, puede que incluso cocina o danza. Poca broma. Es el tipo de chica que lo quiere todo y que cuenta con los medios cerebrales para permitírselo. Acaba por sonreírme. Su perfil me excita. La felicidad existe.

—¡Calma! ¡Calma! —me interrumpe Bernard—. Una americana que viene a París para hacer todas esas cosas, es sospechoso, créeme.

Como es lógico, no tendré para nada en cuenta su advertencia, volveré el sábado siguiente, y el de después, y así sucesivamente hasta que la chica americana me haga caso.

Un sábado me permite que le dé fuego... Hace preguntas inteligentes. Cita a Marx, el *Dasein*, a Freud, a Ferdinand de Saussure y las canciones de Cole Porter...Tres semanas más tarde, acepta mi invitación para comer... Me muestro con mi aspecto romántico *cool* deslumbrante, me hago el galán, ella me observa con ironía. Ya ha entendido que nos acabaremos acostando...

En este momento no pienso en nada más que en respirar su olor íntimo, en enmarañar su pelo, en estrecharla salvajemente. Pensamientos previsibles que no parecen horrorizarla. Ni siquiera sé quién es. Ni quién será. Y es mutuo. Así es el amor. Uno se lanza al vacío y luego ya verá.

Pues bien, de esta chica, todavía en ese instante, ni siquiera sé que será la madre de mi primer hijo... con el que ya no me hablo.

Pero, a ver, ¿dónde iríamos a parar si supiéramos de antemano cuáles son las consecuencias de nuestros deseos?

Pronto la vida vuelve.

Mi corazón ha rejuvenecido. Coincide con una recuperación de júbilo. Acoge latidos más suaves y a mejor ritmo. Mi sangre, vivamente bombeada, lo atraviesa con la fogosidad de un torrente de primavera. Ofensiva de la alegría de existir. El aire nuevo dispersa la melancolía, los recuerdos chantajistas, los dolores de vivo-muerto. Mi cuerpo se dice que todavía tiene para treinta o cuarenta años más. Me imagino a mi aorta en proceso de curación y con gran vigor. Debe de parecerse a los grandes tubos pintados de rojo y azul que se enredan sobre las fachadas del Centro Pompidou. Pronto espacian las inyecciones de morfina. Luego las suprimen. ¡Hasta siempre, hasta siempre, maravilla de las maravillas! ¡Bendita seas, oh, sangre del diablo paradisíaca! ¡Oh, grandiosa sustancia! ¡Hasta siempre, dosis, jeringuillas, hasta siempre, voluptuosidad divinamente tóxica! Ahí os quedáis, disponibles para siempre en caso de desgracia. No tiene precio saber que la felicidad más pura sigue estando al alcance. Como el verano que tanto me gusta y del que he acabado por comprender que, hasta en el más cruel de los inviernos, nunca está a más de cuatro o cinco horas de avión.

Desconectan algunos electrodos. Los sismógrafos de mi corazón vigilado se apagan. Tom Hanks me cambia la venda con un mimo fraternal. Con la ayuda de un espejo, me enseña la cicatriz que me divide el pecho desde debajo de la garganta hasta el plexo. Es una rambla. Un surco esculpido en la piel e hinchado en los bordes. Una «i» arrogante, abrupta, cosida con firmeza como un dobladillo o un botón. Una vocal «púrpura sangre escupida»[9], como dice Rimbaud en su magnífico soneto oscuro, con un pequeño nudo de minucioso encaje a modo de punto sobre la «i».

Siempre he desconfiado de esta letra, de esta «i». Demasiado tiesa. Con su aire de espada vengadora, sus «ebriedades penitentes»[10], su arrogancia cortante, su sonoridad engañosamente italiana. Se asemeja, esta letra cicatriz, a un cuadro espacialista del Lucio Fontana que Archi venera por el mero hecho de que nació, como él, en Argentina, y que yo no aprecio tanto desde que mi pecho se asemeja a sus lienzos sajados, arañados, marcados. Viviré el resto de mi vida rajado de esta forma. Llevando grabada sobre mi piel esta primera letra de una palabra —irreversible, infinito, inútil, ideal, imposible, ilusión, indescifrable, iniciación, intención, innoble, etc.— que no adivino y que, conocida únicamente por mi destino, tal vez decida lo que me queda de vida. Aguardo. Acecho. La impresión de instalarme en una temporalidad inédita y completamente impregnada de antes-después.

Michel ha dejado de venir a charlar conmigo.

La Muerte Visitadora ha debido de explicarle que yo no estaba listo.

9. Del poema «Vocales» de Arthur Rimbaud, en la traducción de Juan Abeleira publicada por la editorial Hiperión.
10. Del mismo poema de Rimbaud.

En nuestro último encuentro fantasmagórico, él acababa de componer en mi honor una balada muy *groovy* que presentada por su voz modulante podría haberse titulado *Heartbreak Melody*, si no se hubiera acordado a tiempo de que el divino Elvis ya había adquirido un derecho preferente sobre todos los *Heartbreak* pasados, presentes y futuros.

—¿Sabes qué? —me dice con una voz envolvente desde el exilio—, olvidamos lo esencial en el momento en que la muerte impone su *tempo*... Lo cual en realidad no está tan mal porque sin esos escapes de memoria sufriríamos demasiados dolores por culpa de los seres queridos todavía vivos a los que ya no podemos tocar...

Luego se sentó en una esquina de la mesa para garabatearme unas estrofas rápidas que eran solo para mí con la intención de solemnizar la circunstancia. Tras lo cual, por medio de los corredores del tiempo, me envió el conjunto, que me había deslumbrado por su grácil sutileza y su encanto infinitamente musical. Me habría gustado conservar esas rimas, esas palabras, esas notas, pero era imposible porque lo que yo leía y oía se disolvía inmediatamente en el aire, igual que en una famosa película de Fellini, aquellos frescos recién descubiertos por unos obreros que trabajaban en el metro de Roma... acababan devorados por el oxígeno un segundo después. Michel me pidió entonces que a cambio le compusiera unas cuantas estrofas de mi cosecha, como si fuera yo ducho en ese tipo de escritura, como si, igual que en otra época, paseáramos por los caminos que bordean el mar entre Houlgate y Honfleur. Yo obedecí. Esbocé unos versos de tres al cuarto que apenas recuerdo. Los reproduzco aquí sin vergüenza ni orgullo, como si se tratara de atrapar una burbuja de aire que existió hace mucho en un tiempo paralelo.

Yo estoy vivo, tú no
sin mí estás en el más allá
y me dices, ya
desde tu paraíso
aprovecha, aprovecha, es preciso
Nos volveremos a encontrar
allá arriba, por aquí, por allá...
Corazón alegre, corazón partido
voló lejos de aquí se ha ido
Huiste, huiste, huiste...
¿Por qué después moriste?
Please, por favor
nunca me olvides, oh no
y quédate a mi lado, ángel y mentor.

Ganas de leer. De zambullirme de nuevo en la gran prosa redentora. De regresar a la belleza, a la inteligencia, a las palabras. De volver a subir a la superficie desde las grandes profundidades.

La fantasmal Françoise, que yo creía retirada en sus aposentos póstumos, aparece enseguida.

Lleva su vestido negro de siempre y las dos vueltas de perlas que no la han abandonado desde su breve matrimonio con Guy. Desenvuelta, delicada, me receta por si acaso varias dosis de Marcel mañana, tarde y noche; yo obedezco en el acto. La felicidad de reencontrarme con Swann, Saint-Loup, Albertine, Rachel, Charlus. Todos se alegran de precipitarse en mi interior a través de los ojos, la risa, el pensamiento. Se han preocupado muy cortésmente por mi salud, por mucho que ya estuvieran bastante atareados con la de su Creador. Los tranquilizo. Juntos reviviremos con ímpetu. Marcel

siempre ha sabido estar presente en los momentos importantes de mi vida. Es mi único antepasado protector.

En ese preciso instante llega Vita, saluda a Françoise (pero
¿cómo es posible?), se une a nuestra conversación, deja en mi
mesilla de noche algunas de las novedades que han superado
a mi pobre *Blanche* en la *box-office* de la *rentrée* literaria.
Françoise las hojea todas juntas, olfatea, picotea, enarca
las cejas, se pasea por páginas plagadas de retórica moderna.
Por aquí, la saga de un yogui que se quita las costillas
flotantes para iniciarse en los placeres de la autofelación.
Por allá, la historia de una trans provinciana que sube a
París con la loable intención de triunfar en la música ligera.
Más allá, muy efectiva, la epopeya de un tripulante de
Airbus adepto a una forma extravagante y aérea de satanismo...
Tengo que acostumbrarme: mis coetáneos ahora escri-
ben cosas extrañas. Les gusta el sufrimiento. Sus héroes son
víctimas. La ética de Port-Royal gana terreno. ¿Es buena o
mala señal? En cualquier caso: hay que estar preparado. Localizar dónde está el embrollo. Identificar a los miembros de
la red. No hay que descartar que, llegado el momento, haya
que largarse a la francesa.

Françoise se encoge de hombros:
—Tienen su encanto estos escritores —me dice—. Tienen la
osadía que yo nunca he tenido... Lo que más les envidio es
la magnífica falta de escrúpulos que les permite tirarse de
cabeza a las palabras, a la emoción edulcorada, a lo complicado de moda, al vicio bien sórdido y cotidiano, a la pintura al
fresco mecánicamente emotiva... Hace falta talento para
crear esta música...

Farfulla. Me gusta su *mezza voce* que no dice ni que sí ni que no.

Le respondo cortésmente.

—La entiendo, querida Françoise... Yo mismo, en mis comienzos, aspiraba a la épica...

—¿Tú, a la épica? Me sorprendes, cariñín...

—Uy, sí, la épica, los redobles de tambor, el escándalo histórico, los pueblos en movimiento... Cuánto me habría gustado saber manipular los colores del incendio, de la oriflama, de la corneta, de la sangre, de los granaderos cargando a punta de sable... Crear un gran espectáculo novelesco con alaridos tolstoianos, sudores malapartianos, actos de valentía balzaquiano-hugolianos, viriles anécdotas conradianas, poderosas masas conducidas en el sentido de la historia marxista-hegeliana...

Françoise se muestra escéptica:

—¿Y qué tipo de música habría ofrecido esa gran orquesta?

—Pondré un ejemplo: julio de 1943, el ejército estadounidense desembarca en Sicilia, abre un segundo frente en Europa, sube hacia Roma. Descríbalo...

—¿Y por qué no hiciste eso si era lo que te apetecía?

—Porque me faltaba la inspiración... Porque no tenía la envergadura ni el bombo necesarios para competir con el cine, con la tele, con las superproducciones de gran presupuesto... Así que no me quedó más remedio, tras la sensata constatación de mi insuficiencia neumológica, que reconvertirme al pulido de cursiladas para los *happy few*, al concierto de espineta y el parqué Chantilly, es así, y no hay nada que pueda hacer al respecto... Con lo cual, por falta de medios, me conformé con el *vibrato psycho moderato*...

Françoise intenta consolarme. Es su especialidad, el consuelo...

—¿Quién sabe si tu amigo la Gran Eminencia no ha cambiado todo eso mientras hurgaba dentro de tu tórax...?

—Sí, podría ser...

—Yo —añade ella—, modestia aparte, creo que siempre he ganado un poco de talento después de cada una de mis estancias en la clínica... Al parecer, las operaciones pueden cambiarlo todo en la naturaleza de los operados, en el estilo de los novelistas supervivientes...

—Ah, sí, creo que tiene razón... En mi época de editor, llegué incluso a conocer a un tipo que solo escribía novelas flojas y en tonos pastel, a veces espantosas, y que, después de un ataque al corazón y de sus secuelas quirúrgicas, me había entregado trescientas páginas cautivadoras, nítidas, de alta pureza cristalina. Estaré atento a una posible metamorfosis...

Françoise opina lo mismo.

¿Quién sabe si, en el caso de que ella misma regresara una vez más, no escribiría como Marcel, de quien ella había tomado prestado su pseudónimo y al que veneraba absolutamente? Era su sueño. Y dado que ahora mismo toda ella es una fantasía, nada impide pensar que...

En cuanto al estilo, no hay reglas.

Eso es lo que hace que el asunto sea interesante.

Archi, al teléfono.

Lleva varios días en Japón. Muy irritado. La chica que lo acompaña cada día lo decepciona más.

—No sabe amarme —me dice.

Como siempre, se recupera mostrándole mucho interés a la intérprete sexualmente atractiva que lo ayuda en sus negociaciones con el importador de soja. Tiene ya la experiencia suficiente como para adivinar que se trata de una ambiciosa que se siente atraída por lo que el señor Rachid denominaría su «todopoderoso falo» (dólares, prestigio social, lujosa suite en el hotel Aman de Tokio), pero a él eso no le importa.

—¿Lo entiendes? Cada una de mis nuevas mujeres posee algo que la anterior no tenía... Y cada vez ese algo reactiva la máquina, me hace sentir que estoy vivo, es como para volverse loco... ¿Crees que algún día podré saciarme sin estar ya muerto?

Mientras tanto, se prepara cual atleta para su cita con el importador de soja:

—Es un nabab... Forma parte más o menos de los servicios secretos... Mossad, CIA y todo eso. Viaja con su médico, su harén, sus guardaespaldas... Aun así, es simpático... Un donjuán... Se casa por quinta vez en julio... El *business* es pese a todo igual de divertido que el amor, ¿no te parece?

Exulta. Da gracias a Dios por su benevolencia. Y a la Virgen por su dulce protección. Conversa con ambos varias veces al día, en cuanto sus novias y sus negocios se lo permiten. Archi ya se pregunta de dónde sacará el tiempo con una sola vida para agotar las reservas de felicidad que el cielo pone, ha puesto y pondrá a su disposición. Sus proyectos: lo primero, fortalecer el imperio Montoya... Después, regalarle un rubí o una esmeralda a la chica decepcionante y metérselo en el sobre que contiene su billete de vuelta en avión, «a modo de indemnización», aclara. Por último, invitar a la intérprete *sexy* a ir con él de excursión al monte Fuji para, una vez allí, hacerle proposiciones respetables.

Presiente que puede funcionar.

La vida es bella.

Sin embargo, por momentos, Archi parece dudar de sí mismo:

—¿Crees que soy un cabrón? —me pregunta.

—Qué va, Archi, eres un tío fantástico... Te las compones con lo que la naturaleza ha hecho de ti... No se te puede reprochar nada...

Mi diagnóstico lo tranquiliza:

—Deberías venirte a descansar a la pampa en cuanto salgas de la clínica... Te daré clases particulares de entusiasmo...

—¡Ay, el entusiasmo! ¿Sabes que...?

Iba a contarle toda la historia.

Me detuve a tiempo.

Cuando se regresa del infierno, más vale ceñirse a lo esencial.

Insomne, con la mente en suspenso, siempre entre el *takotsubo*, el gato de Schrödinger, los recuerdos chantajistas y mi aorta recompuesta, pienso y repienso en mi primogénito, este otro yo que pasó a mejor vida.

Este hijo que echo de menos a rabiar. Al que ya no le hablo. Hoy por hoy igual de real y de inexistente que un dolor fantasma.

Siempre batallando, este primer hijo. Espadachín, cortante, quisquilloso, rápido en llegar a las manos. Un fogoso. Un campeón sobreentrenado y vitaminado por mis cuidados desde hace mucho. No obstante, más inteligente que artista. Envenenado por la voluntad de gustar. Una obra maestra pese a todo inacabada.

Durante este rápido viaje de ida y vuelta por los alrededores de la muerte, me ha dado tiempo a reconsiderar nuestro vínculo, antes espléndido y desde hace poco maltratado. Lo cual ha provocado en mí una lucidez tardía, afligida, voluntaria.

A nadie le apetece ver tal como son a sus seres queridos. Ni verse a uno mismo tal como sus seres queridos lo han visto. Una desidealización, tal vez recíproca.

Un rodeo por *La educación sentimental*, donde el héroe, Frédéric, creyéndose prendado durante trescientas páginas, de repente se percata de que ya no lo está... Flaubert lanza entonces su grandiosa *punchline*: «...y fue como un pájaro fulminado por un rayo en pleno vuelo».

Digamos que paternalmente me ha sucedido lo mismo. Rayo. Caída. Fin de la parafernalia padre-hijo. Choque fatal sobre el asfalto de lo real, violento e ingrato. Se acabaron las ganas de volar alto con las emociones. O de imaginar a los seres desde las alturas. Cuando los ojos ya no están cimentados por las escamas del amor, pueden abrirse. Y eso vale tanto para los hijos como para los padres.

Al publicar una «novela de los orígenes», este primogénito, pese a todo muy querido, optó, tal vez de forma involuntaria (y eso sería aún peor), por el golpe bajo. La ejecución edulcorada. Se ha mostrado presto para la indiscreción, la inexactitud, la disminución, el juicio amargo.

Yo perdono, por supuesto.

Pero que sepa, no obstante, si sus ojos llegan a toparse con estas líneas, que no fue un plato de gusto encontrarme en ella con los rasgos de un tipo muy miserable, egoísta patético, más efímero que una *celebrity*, más transparente que el papel cristal.

No descarto ser ese tipo, puesto que todo es posible si de desamores se trata, pero habría preferido que fuera otro quien lo dijera. En el género *tu quoque*, difícilmente podíamos haberlo hecho mejor.

Un directo en pleno tórax.

De ahí, en parte, el *corazón roto* y todo lo demás.

A su llegada, el estupor, el jaleo de los grandes medios, la maraña de mensajes, los ajustes de cuentas.

Dejando de lado el puñetazo, aunque no es fácil, esta *novela* en cualquier caso no era mala, ni mucho menos. Sintaxis firme. Bien intrincada. Llena de alusiones eruditas, de proustismo escatológico, de zarpazos, de fantasías por aquí y por allá, con crueles incrustaciones para dar pomposidad al conjunto. Dejémoslo ahí.

Ahora, mi cabeza paterna resuena como una casa vacía. Yacen en ella palabras de registro civil —«mi primogénito», «mi primogénito», «mi primogénito»— que, retorcidas y abrasadas al calor de la salamandra del lenguaje, se trasforman, se distorsionan y adquieren connotaciones mitológicas.

Hasta tal punto que al pensar en mi hijo como un enemigo, pienso en Eneas, del griego *ainós*, el que inspira temor: «mi hijo enemigo», que mi mente trastornada convierte en «mi hijo Eneas»...

Ese lapsus verbal me asaltó por primera vez entre el siete y el ocho del médico que me dormía.

Llevo dándole vueltas desde entonces: ¿por qué Eneas? Después de Sócrates... ¿Qué es lo que quiere contarme este héroe virgiliano? ¿Qué relación existe, por favor, entre la *Eneida* y mi pena del corazón?

Es una historia bonita, toda engalanada de símbolos vibrantes.

Porque Eneas era irresistible. Un guerrero valiente y seductor. Además de un excelente navegador. Bendecido siempre por las estrellas, los peces, las olas, pero amenazado por Juno, que no les perdona una a los troyanos desde que

Paris la desdeñara al preferir ofrecerle su manzana a la bella Helena. A partir de ese momento, la «narrativa» virgiliana despliega su palpitante trama...

Eneas ha huido de una Troya en cenizas, lo acompaña un puñado de supervivientes, pronto vagará entre Sicilia y Cerdeña para por fin llegar al Lacio sin sospechar que allí se casará con la regia Lavinia. Ha llegado al final de su arriesgado periplo y descubre allí un paisaje tan agradable, un clima tan clemente, que decide echar raíces...

Ahora bien, Eneas se ha marchado de su patria con todos los bártulos. Lo escoltan sus esclavos, sus soldados, sus caballos. A bordo de su nave, sobre todo va Anquises, su padre, ya anciano y fatigado, aunque también ufano por sus hazañas troyanas. Anquises está agotado, las adversidades lo han desgastado, todavía ignora que Virgilio lo convertirá en un inmortal capaz de identificar todos los heroicos cadáveres futuros de la historia romana. En este preciso instante, no le quedan fuerzas para sobrevivir. Ordena a su hijo que lo abandone.

Es en ese momento cuando todo se convierte en símbolo: su atento hijo, que tanto debe a este padre debilitado, lo carga entonces sobre sus hombros, lo arrastra por la playa, lo tiende a la sombra de una higuera, le refresca la frente, lo abanica con palmas, se acompaña de una lira para cantar su valentía durante la guerra contra los griegos. Heme aquí, querido papá, ahora soy más fuerte que tú, te protejo, te refresco la frente, celebro tu grandeza, beso tus pies, te venero en tanto que eslabón precedente... Anquises es feliz. Poco le importa vivir o morir de tan bendecido como se siente por este torrente de amor filial, que durante un tiempo le hará desear que se prolongue su existencia.

Hay por lo tanto en las leyendas, y a veces en la vida, hijos que no encuentran ninguna satisfacción en disminuir a su progenitor. Que se vanaglorian en extremo de poder ensalzarlos, engrandecerlos, rociarlos con mil cumplidos más o menos merecidos.

Cada uno lo interpretará como quiera, pero, para mí, Eneas ocupa claramente una categoría superior a la de un Edipo, sin duda más famoso, puesto que la desgracia y el odio siempre atraen a más público, pero que, sin embargo, se cree obligado a asesinar con desprecio a quien le dio la vida.

Por un lado, el héroe que cuida de un anciano.

Por el otro, el villano ambicioso y creído que destruye a su padre antes de usurparle su lugar, de acostarse con su madre y de arrancarse los ojos.

Señalemos de paso que si Freud, en sus anticuados vaticinios, hubiera elegido a Virgilio, a quien conocía bastante bien, puesto que lo sitúa en el epígrafe de su *Interpretación de los sueños*, y no a Sófocles, es decir al latino y no al griego, no nos veríamos en estas. El complejo de Eneas, o de Anquises, estaría mucho más extendido que su polo opuesto edipiano, y los hijos ya no se sentirían obligados a liberarse mediante ajustes de cuentas vagamente parricidas y a menudo distorsionados que, aunque lleguen a inspirar obras maestras, causan estragos en vano.

A mí, por ejemplo, jamás se me habría ocurrido denigrar a mi padre. Al contrario, me he pasado la vida engalanándolo, imaginándomelo más encantador y poético de lo que era, hipostasiándolo en un traje de lino perfectamente arrugado, exagerando su fuerza o su parecido con Gregory Peck. Incluso me las arreglé para sentirme protegido por él y mostrarme muy tolerante la vez que le clavó el dedo en el ojo al pastor árabe, cuando en realidad para mí lo más fácil habría sido odiarlo después de ese gesto colonial despectivo e inhumano. En mi primer libro, *Les Enfants de Saturne* [Los hijos de Saturno], hasta llegué a inventarme, creyendo hacer el bien, y además haciéndolo bien, que había legado su cráneo a la Real Sociedad de Amigos de Shakespeare para incorporarse a la famosa escena en que el príncipe Hamlet medita ante el cráneo de Yorick. Venga ya... A papá le importaban bien poco el danés melancólico y su bufón ya convertido en esqueleto; no le importaban, pero sí que los respetaba, ojo. En cualquier caso, prefería los mambos de Paradis-Plage, los coches bonitos, las chicas bronceadas de ultramar. Pero me había hecho ilusión ensalzarlo, imponerle para mis ojos y para ojos ajenos una corona improbable para él, inocularle un pequeño vicio literario muy por encima de sus posibilidades. Y todo eso, personalmente, por una vanidad de las que empiezan por uno mismo, porque no me desagradaba halagar al famoso eslabón precedente en la larga cadena de transmisiones, volver a retratarlo cual bello humano desenvuelto, cual dandi del sur que me adoraba, aunque no acabara de enterarse bien de quién yo era. Jamás me ha apetecido provocar a mi progenitor cachas y simple. Y, además, en lo más hondo de mí yacía la idea de que uno mismo sale fortalecido al adoptar el papel de quien cuida de su causa inmediata, quien lo tiende debajo de una higuera o lo abanica con palmas. ¿Los tiempos han cambiado? No estoy seguro. Mi amigo LesVies se pasa la vida alabando a su papá héroe y eso lo hace a todas luces felicísimo. Incluso le procura unas alas inmensas para, a su vez, convertirse también en héroe.

Pero quizá vuelva más adelante sobre todo eso.
Dado que uno nunca acaba con *todo eso.*

Mis sueños se aceleran. Adivinan que mi estancia en la casa de los vivos-muertos toca a su fin, que mi inconsciente están- dar va a retomar las riendas del yo sujeto e imponer sus fan- tasías intercambiables. Aun oteando su derrota, avanzan, como nubes empujadas por un viento rápido. Esta noche, aprovechando esta prórroga, mi mente todavía bajo ciertos efectos se las ha arreglado para escenificar una historia im- probable e hilarante. Se la dicto sin demora a la pequeña gra- badora que LesVies me ha dejado. A lo mejor la escucho de nuevo. Un día. Si merece la pena.

En esta historia, de forma muy clara, sigue estando Françoi- se, mi querida y enternecedora Françoise, mi hermana esco- gida y bautizada en la sangre del diablo antes que yo. Qué contento estoy de volver a verla, al fin y al cabo su presencia habrá sido la gran dicha de mi estancia en el infierno de los corazones rotos. Se muestra muy confusa, como si acabara de cometer una enorme tontería. Sus frases se mueven, como si fueran nubarrones de abejorros, se encabalgan, bailan foxtrot, tropiezan, resbalan. Es incomprensible. Acaba por murmurarme algo, evidentemente un secreto, que nadie debe oír, lo registro con la grabadora, lo transcribo sin añadir ni una sola palabra.

«¿Sabes, mi pequeño Jean-Paul, mi cariñín Entusiasta? Tengo que confesarte que, siendo como soy, he sucumbido a los encan- tos de tu Gran Eminencia... Nos conocimos en tu habitación mientras tú dormitabas, luego volvimos a vernos, y ya te imaginas cómo este tipo de cosas luego llevan a otras... Tenías razón, de una extraña forma se parece a mi Guy del pasado... Muy elegante, aunque también un tanto golfo, lo cual realza la elegancia, como en todos esos varones que circulaban al final de la Cuarta República. Ya lo sabes, nunca he podido resistirme a ese tipo de hombres, aunque los encuentre demasiado guapos para mí, y aunque a fin de cuentas prefiera a sus esposas... Pues verás, me hizo proposiciones, así que me fue imposible no caer de inmediato en sus brazos, allí mismo, discretamente, en un pasillo... Luego, dado que el encuentro fue placentero, lo repetimos en su despacho y en el Sofitel de Porte Maillot... No me odiarás por esto, ¿verdad? Tengo tan pocas distracciones en mi mórbido veraneo... Pero lo más raro, escúchame bien, es que, mientras hacíamos aquello, me imaginaba entre los brazos de Guy, ese apuesto cabrón que prefirió largarse con una sucedánea de Ava Gardner... Me daba apuro por la Eminencia, y ya me conoces, no sé mentir, así que le confesé que en mi cabeza follaba con otro mientras que mi cuerpo follaba con él, y agárrate, porque va y me confiesa que para él era lo mismo... Estaba muy satisfecho con nuestra aventura, pero en cuanto cerraba los ojos se imaginaba alcanzando el orgasmo con Amélie Nothomb... Fue así como comprendí que en aquel pasillo éramos por lo menos cuatro, él, yo, Guy y Amélie... Menuda juerga... Sin contar con que Guy y yo somos fantasmas...».

En el sueño, tranquilizaba a Françoise lo mejor que sabía. Me alegraba por ella. Su sencillo pasatiempo póstumo no le hacía daño a nadie. Por lo que yo tenía prisa más que nada era por que acabaran de libarse, aunque fuera oníricamente, para que alguien se ocupara de mi persona convaleciente y todavía magullada. Me prometí a mí mismo que le mencionaría aquella historia a la Gran Eminencia durante su próxima visita, aunque luego me olvidé de todo cuando vino a examinarme por última vez. Por suerte, mi grabadora se acordaba. Fuera como fuese, yo estaba dormido. Y no puedo poner la mano en el fuego por que lo anterior realmente ocurriera. Con las nubes de imaginación siempre pasa lo mismo. Desfilan ante nosotros, nos presentan manjares suculentos, nos hacen salivar, nos deleitamos por adelantado, y al final podemos morir de hambre.

La respiración de la Gran Eminencia me ha despertado.

Me inspecciona el rostro, me palpa las muñecas, la cicatriz, los lóbulos, la nuez. Levanta la cabeza mientras a través del metal helado de un fonendoscopio escucha los tres o cuatro tiempos de mis ventrículos armonizados. Está claro que tiene ética profesional, aun así habría preferido sobrevivir gracias a uno menos virtuoso y humanamente más decente. No me voy a hacer el difícil, sería de locos. Le muestro una máscara de gratitud que dará el pego. Dentro de mí, de todas formas, la certeza de que mi supervivencia ha sido intencionada, programada, impuesta por un 'maestro' invisible, jerárquicamente muy superior a la Gran Eminencia, y en quien, no obstante, solo creo de vez en cuando.

—Todo niquelado, hemos hecho un buen trabajo —anuncia mientras sigue palpándome la garganta y el vientre...—. Ningún imprevisto... Es raro después de una operación de ocho horas...

Mi mente todavía no se ha estabilizado. Una palabra, una entonación, una cadencia, y pierde los papeles, se descontrola.

Aquí, por ejemplo: la Gran Eminencia pronuncia las palabras «operación de ocho horas» y eso me remite de golpe a «*gigot* de ocho horas», lo cual me vuelve a lanzar río arriba hacia expresiones llenas de pasado indigesto.

Esta misma, en este caso, atraviesa medio siglo y me precipita a los grandes banquetes de ultramar donde se servía aquel famoso *gigot* de cordero con el objetivo de dar un toque francés a unas ceremonias demasiado llenas de Oriente.

—Ah, su *chef* nos ha preparado un *gigot* de ocho horas al horno, querida Gilberte, qué maravilla, nos agasaja usted... —exclamaban antes de pasar a la mesa las gordas y cacareadoras esposas del subprefecto y el alcalde, todas embutidas en sus vestidos de organdí y compitiendo en modales cursis.

Cada una aportaba entonces su receta, su pequeño secreto culinario, el ajo por aquí, el cardamomo por allá, la menta fresca para aclarar la salsa, y así sucesivamente hasta los postres y los quesos, cuando, reparando en mi presencia, se me pedía recitar una oportuna fábula de La Fontaine.

Le guardo un rencor personal a la complexión neuronal que, aprovechando el menor pretexto —una palabra de la Gran Eminencia por aquí, un *gigot* por allá, ayer el dedo del Actor Famoso, anteayer el asfalto reblandecido de una calle—, se cree en la obligación de reavivar la llamita de un pasado, de una infancia, que tampoco acaban de estar vivos-muertos.

—... Le he alargado la vida entre veinte y treinta años —me promete el 'maestro'...—. Ya me lo agradecerá en otra ocasión... Mientras tanto, esto me consuela del desastre con el Actor Famoso... En términos de prestigio, lo admito, es una lástima... Pero tenía ya el pellejo caduco, no podía hacer nada, imposible negociar eso con la muerte... En cualquier caso, tenía una posibilidad entre un millón de ganar galones, reputación, renombre, y él va y se muere... Las estrellas me evitarán en el futuro... Lo lamento... Porque el *show business*, las lentejuelas, los Oscars, los Césars, siempre me ha atraído todo eso... Está desilusionado. Me toma como testigo. Le gustaría dar lástima.

—... En fin, va usted a salir pronto, su novia espectacular lo espera, se reencontrará con sus noches pícaras, sus novelas, y no tardará en olvidarse de mí, ya estoy acostumbrado... Pero seguiré siendo para siempre quien mejor le haya acariciado el corazón y quien, hasta como fontanero, haya embellecido enormemente su existencia...

—¿Qué es lo que ha embellecido?

—¡Ah, a partir de ahora le garantizo una clara mejora de su rendimiento! En todos los ámbitos... *Sex included*! Ya sabe a qué me refiero... Tengo incluso clientes que en realidad no son defectuosos, pero que vienen a hacerse una carnicería con ese único objetivo... Su vitalidad, se lo garantizo, se multiplicará por diez gracias a mi gran limpieza de válvula y de aorta. ¡Ja, ja, todo va ir a mejor! Su señora no tendrá queja, eh, también ella debería darme las gracias...

La mirada llorosa y embargada por la emoción que convoco se niega a aparecer. ¿Habré perdido la costumbre de fingir?

—... Es para preguntarse —lamenta— por qué no todo el mundo se deja cizallar el tórax con tal de luego empalmarse como un macho cabrío renovado...

Si lo he entendido bien, la sangre me hervirá de nuevo, se convertirá en torrente de primavera, erupción volcánica, irrigará minuciosamente mi cuerpo, que renacerá jubiloso... ¡Erecciones garantizadas, duraderas, múltiples, prodigiosas! La adolescencia me espera... Con el extra de la experiencia... ¿Sería esto el verano al principio del invierno? Esta ventaja no estaba prevista... ¡Yupi, allá vamos, rumbo a espléndidos polvos! Si la libido obedece al mecanismo y se ajusta a la fisiología reparada, probablemente me divertiré bastante... Resulta que siempre hay un episodio cómico en toda tragedia que se precie... Tendré que comentarle estos beneficios adicionales a Archi, que está especialmente atento al tema eréctil. Hasta la Gran Eminencia me da a entender que a él no le molestaría pasar por una revisión-puesta al día como esta, sobre todo si quiere estar a la altura en el transcurso de las galantes orgías de las que, por culpa de *Blanche*, me toma por un experto organizador.

Antes de marcharse, tiene interés en recordarme un punto importante:

—A propósito, ya que empieza a recibir visitas, debería invitar a Amélie Nothomb... Ya me las arreglaré yo para dejarme caer por aquí... Después, podría enviarle flores, un ramo deslumbrante, si supiera usted cómo eso lo arregla todo, los grandes ramos... Por cierto, he conocido a su amiga Françoise, muy seductora, aunque no sea en absoluto de mi estilo... Congeniamos enseguida... Creo por desgracia que no estábamos hechos el uno para el otro...

Por mediación de un sueño, ya estaba enterado de aquel encuentro y de todo lo demás.

¿Cómo era posible que la Gran Eminencia supiera tanto como yo?

¿Poseía un don especial para conversar con los fantasmas?

Me daba la impresión de que me mantenía en equilibrio en la frontera entre dos universos.

De este lado, la lógica cimenta el mundo.

De este otro, consiente su incoherencia.

¿Dónde está la verdad?

Mi muerte temporal solo duró 155 minutos y cuatro semanas. Con la frente en el cristal y el pecho todavía dolorido, me bebo a pequeños sorbos la felicidad de existir de nuevo. He superado con creces el ecuador de mi vida. No obstante, me asedia la convicción, la absurda convicción, de que la partida apenas acaba de comenzar.

En mi cabeza, matas de pasado arden como si fueran madera seca. Observo el otoño rojizo y húmedo a través del cristal sobre el que se estrellan las gotas de una lluvia helada. Con ellas se mezcla cual banda sonora la canción de Cole Porter, «*like the drip, drip, drip of the raindrops...*», que tanto le gustaba a Kate la americana.

Me fijo de paso en que todas mis novias memorables, desde el *Summertime* de Violante, siempre van asociadas a cancioncillas fetiches.

Ella, Kate, aquel lejano día de tormenta tarareaba la suya, y me pedía por primera vez que le desabrochara la blusa, sobre la que ondeaba el bello rostro sedoso de un roquero de moda.

¿Sabía ya ella que durante la hora siguiente íbamos a concebir un hijo?

Y que unos meses más tarde...

Todo eso ocurrió, en noviembre, por la zona de Port-Royal.

La mamá americana, siempre atenta a las costumbres modernas, había querido, qué locura, que yo asistiera al nacimiento del primer hijo. Y fue así como vi salir mi apellido y mi porvenir del agujero sangriento entre deyecciones diversas, asesinas de idilios y del *amour fou*.

Primero la cabeza, luego el torso, luego los pies y las hermosas pantorrillas. Enseguida comprendí que aquel hijo sería esculpido como un grácil, un posible semidiós, y entonces me embriagué de orgullo, de falsa inmortalidad, de esquizofrenia según la carne, de esa sensación ridícula y egocéntrica de ser único, justo en el instante en que cualquier miembro de la especie menos lo es. Fuera como fuese, allí y entonces, podría haberme puesto a bailar desnudo sobre un tonel.

Tomé en mis brazos a aquel hijo. Yo exultaba ante mi flamante inmortalidad, mi infinita posibilidad de renovarla. Aquella cabecita arrugada ya peinada iba a asombrar a su siglo, a reavivar la justicia en este mundo, a disipar la oscuridad, el mal, la vileza, la bajeza.

Mientras el oxígeno hacía una ardiente incursión inaugural en sus pulmones, se me meó encima proclamando a voz en grito su enorme pasión por existir. En el momento, aquello me sorprendió tremendamente. No sabía que los hijos se mearan en su padre al nacer. Me acostumbré. Reí. Me dije qué se le va a hacer, así es la vida.

En cuanto a la madre americana, ya la amaba menos, lo cual es poco elegante, no lo niego, pero así era. Me había enterado de unas cuantas cosas sobre ella, las conmociones iniciales se habían serenado, el primogénito se había puesto en camino, y, cómo no, me tentaba ser reproducido. Deposité una decena de besos en la frente de la exhausta parturienta y le agradecí que garantizara mi eternidad como eslabón humano, para acto seguido largarme cual intruso miserable y ansioso por cambiar de aires. Para entonces ya no se parecía a la chica de la Sorbona, su rubio se había apagado, ya no le interesaban la física cuántica ni el *Dasein* ni yo, ni ella a mí; estaba claro que, en el gran almacén existencial, el destino simplemente nos había colocado sobre dos escaleras mecánicas o cintas transportadoras que avanzaban en sentido contrario. Ella me ahorraba todos los reproches que yo todavía no merecía. Yo no le guardaba rencor por sus errores futuros. Los contadores de quejas ni siquiera habían iniciado su recuento. No obstante, creo que ella ya había sentado las bases de su restablecimiento sentimental con un polaco que rondaba por allí.

No tardé en largarme a La Closerie des Lilas a tomar una copa, y luego otra, y luego otra. Aquello fue, estoy convencido, la única medio cogorza de mi vida, lo cual pone de manifiesto mi temperamento a fin de cuentas austero. Habría querido besar a desconocidos, invitar a una ronda general, charlar con el camarero, hacérmelo con una chica exótica de la rue de la Gaîté, tenía la impresión de que un rayo de sol, el único en aquel día gris, había surcado el cielo bajo para ceñir de oro mi frente de padre glorioso.

¡Alegría, alegría, alegría! Ya me había olvidado del pipí y ahí radica el malentendido. Uno cree que engendra hijos, pero es un error, damos la existencia a adultos. Traemos al mundo a un proxeneta, un asesino en serie, un sabio, un maniaco sexual, un poli, un funcionario de prisiones, un gran escritor, un cerdo, un genio. Aunque nadie lo consigue, no deberíamos nunca perder de vista esta evidencia mitad trágica mitad cómica.

Vita entra en mi habitación a primera hora de la tarde. Hablamos poco. Nuestro ritual de clínica pronto acabará, la vida retomará su curso ordinario. Durante esta última visita, me declara que se compromete por su honor —¿es sensato semejante juramento?— a amarme hasta su último aliento. La sonoridad voluptuosa de sus palabras reanima mi corazón a buen ritmo. Se interrumpe por momentos y acerca su cara a la mía. En su boca, más que en otras bocas, se mezclan la carne y el espíritu. Como en su voz. Presencia de lo inmaterial en la materia. De lo infinito en lo finito. Misa íntima. Eucaristía amorosa. Vita es el polo opuesto de Violante. Sin embargo, es imposible amar a una sin recordar furiosamente el amor que me sometía a la otra. A veces Vita quiere rememorar nuestra historia convertida en leyenda privada y cuyo origen coincide siempre con aquella larga mirada en el restaurante. Después de aquella mirada —sí, oh, mi amada, cada detalle arde en mí—, se desbocó todo. No sé de dónde pude sacar la audacia para asaltar a una mujer de tamaña envergadura, sin duda una corazonada me incitó a ello. En mi mente obsesa se sucedieron mil artimañas para volver a encontrar a aquella reina en la jungla de París. El azar nos favoreció de nuevo. Como si él pudiera personalmente sacar partido de nuestro naciente idilio. Luego la previsible erupción de los deseos lo incendió todo. Prueba evidente de la afinidad, de los cuerpos, de sus nupcias solemnes y sencillas. Citas en hoteles. Veladas tórridas. Orgasmos de sedientos. Vita nunca había jugado a aquello. O al menos eso afirmaba. Yo había tenido que enseñárselo. O fingir que se lo enseñaba. Los humanos, al principio, solo confiesan una parte de lo que son o lo que fueron. De lejos, en ese momento y aunque de forma temporal, se parecen a los icebergs, cuyas nueve décimas partes se pierden en profundidades inconfesables. Ahora ya casi no hay secretos entre nosotros. Me gustan sus llamadas por teléfono por las noches, cuando estamos separados, antes de que me duerma. Me lo cuenta todo. Me detalla sus rituales enternecedores y ridículos de mujer muy hermosa y lujosa cuando, antes de iniciar su noche, procede a un prolongado y hábil desmaquillado para el que moviliza no menos de cinco cremas a base de extraños jugos. Tras lo cual, llega el turno de los aceites de lavanda con los que se frota las muñecas y la planta de los pies y también del frasco de citronela, del que vierte unas gotas en cada una de sus seis almohadas. Una última crema a la calabaza sirve para untar sus rodillas y sus codos, que son, me dice ella, las dos zonas más vulnerables de una mujer hermosa. Tras lo cual, elige un sujetador a juego con el bordado de sus sabanas y le encomienda la enorme responsabilidad de garantizarles su hermosa forma a sus impecables senos, a los que no les gustaría aplastarse durante la noche. Sus palabras locamente deliciosas penetran directamente en mi cerebro hedonista. Provocan efectos que confirman con precisión la profecía fisiológica de la Gran Eminencia. Treinta años más a este buen ritmo. Soy muy afortunado. En cuanto salga de la clínica, le propondré a Vita un sincero contrato vital que estipule para siempre sus derechos y los míos.

El breve tintineo de un mensaje recibido en mi móvil interrumpe esta cháchara del crepúsculo.

Es el señor Rachid. Más enigmático y lacónico que nunca.

Esta vez ha optado por enviarme un aforismo de Cioran que insiste en la urgencia de «perfeccionarse cada día en el arte de parecer alegre...».

Desde que lo conozco, el señor Rachid le concede gran importancia al moralista rumano que, cuando aún vivía, era su vecino de rellano en un edificio de la Rue de l'Odéon. De tal modo que cada mañana el señor Rachid tenía la primicia de los aforismos más oscuros que el insomne había forjado en el corazón de su noche en vela.

Mediante este proceso, esos aforismos, transmitidos a mí de inmediato, me alcanzaban como el bip-bip de un satélite alimentado permanentemente por una fuente de electricidad melancólica.

Algún día tendré que calcular todo lo que estos aforismos me han costado.

Todo lo que les debo.

Archi al teléfono. Flota en su extática felicidad. Quiere compartir conmigo parte de ella para que me una a él a orillas de la buena vida. Ayer firmó su contrato con el magnate armenio. El mercado asiático engullirá tres cuartos de la soja que crece en su pampa vertiginosa y horizontal. Un *deal* de oro. Toneladas de esto. Millones de lo otro. Trabajo para todos. Una montaña de dólares para él. Sus difuntos antepasados, reitres o 'gauchos', alaban a este valeroso heredero. Sus alabanzas, traídas por los cóndores locales, barren la Patagonia y van a morir al pie de los contrafuertes andinos.

Para celebrar el acontecimiento, el magnate ha organizado una recepción de lujo en los salones del hotel. *Geishas* internacionales, corredores griegos y rusos, intermediarios chinos, embajadores, brindis, zalamerías, bonsáis, ceremonia del *ginseng* y del mate... Archi se ha presentado vestido de gala del brazo de su intérprete *sexy* que, desde la escapada al monte Fuji, se ha convertido en un personaje muy activo de su vida sensual. Salta a la vista que esta chiquita, que fácilmente imagino, es la mar de hábil. Excita a mi amigo de la mañana a la noche, en cualquier circunstancia y lugar, lo inicia en extravagantes placeres carnales, le enseña los rudimentos del orgasmo Sol Naciente. Es capaz, me confía Archi con admiración, de lanzar a tres metros de distancia, «como la duquesa de Windsor», una pelota de ping-pong previamente colocada en su vagina. Mi amigo exulta. La vida no se cansa de servirle lo mejor en todos los frentes. Por todas partes, néctar, excesos, placer, carnes perfectas perfumadas a la flor de cananga. Él quiere más y más y más. Mujeres, millones, antepasados, monte Fuji, bolas de juego, set y partido, el favor especial de María Madre del Señor, todo le es debido. Se concede incluso, para la ocasión, una brevísima y rara dosis de mala suerte sin la que su felicidad carecería de relieve. Al hacerlo es el ejemplo viviente del individuo que sabe dar a la felicidad-cazadora ganas de cazarlo, de perseguirlo en sus guaridas sombrías, de someterlo a su yugo fascinante. Archi es un ogro, devora todos los placeres, les chupa hasta la más suculenta médula, se la incorpora con la pasión de un biófilo intransigente respecto al dogma biofílico. Su apetito me desconcierta, me confunde, me complace... ¿Cómo lo consigue? Ni el menor hastío ni dudas ni incertezas. ¿Qué hombre habría sido yo si la felicidad me hubiera *cazado* con un celo tan feroz? ¿Habría sabido simplemente tentar a esa felicidad? ¿Y luego estar a la altura de sus insistentes insinuaciones? ¿O habría encontrado la manera de hacerme el tiquismiquis que de buena gana acepta quedarse con su parte del festín pero refunfuñando, y no ahora mismo, y exijo verlo, y esto y lo otro?

Se me viene entonces a la mente, como una bola de fuego que choca contra las paredes de mi habitación de clínica, esta frase célebre nacida tiempo ha en la espinosa fragua de un sabio lusitano-bátavo: «Nuestra felicidad y nuestra desdicha solo dependen de una cosa: la calidad del objeto al que nos sentimos unidos por la fuerza de nuestro amor...»[11]. Oigo muy de cerca la verdad de estas palabras... Me conmueven... Me confirman básicamente que para ser feliz más vale decidirse por un objeto que lo merezca... Sin esta salvaguardia, no nos asombremos, por favor, si la debacle se presenta y arrastra al imprudente hasta el fondo de un barranco... Dicho de otra forma: la felicidad depende de la calidad de lo que, el que o la que, la inspira. Nadie la encontrará apostándolo todo por una 'mala niña'. Ni por un primogénito no muy Eneas con demasiadas prisas por establecerse por su cuenta. Ni por una satisfacción pasajera que se esfuma en un abrir y cerrar de ojos. Lo que se traduce en: la felicidad Vita es de mejor calidad que la felicidad Violante... La felicidad Dios, si existe, más fiable que la felicidad Vita... La felicidad de lo infinito, para los elegidos, más profunda que la felicidad de lo finito... Y como consecuencia, la felicidad de Archi, por muy deseable que sea, no debería de ser para tanto, tararí que te vi... ¿Soy convincente? No mucho. Ni siquiera para mí mismo. La filosofía, como la religión, sirve ante todo para consolar a los perdedores.

En mi cabeza, que ha perdido la costumbre de razonar, estos pensamientos se arremolinan, afirman una cosa y lo contrario, remueven un torbellino de pasado-presente, y acaban por despertar mi pecho trinchado. Tropiezo. El sufrimiento se despierta. Mi Lucio Fontana se convierte de nuevo en «púrpura sangre escupida», es una falla sísmica a punto de abrirse. La enfermera se alarma. Cuidado, posible dilatación, vorágine mental, pelotas

---

11. Máxima extraída del *Tratado de la reforma del entendimiento* de Baruch Spinoza. La traducción al español de dicha obra, llevada a cabo por Atilano Domínguez, está publicada por Alianza Editorial.

de ping-pong, soja, geishas, soles en miniatura... Tom Hanks acude, se preocupa. ¿Una recaída? ¡Rápido, rápido, una inyección! Creía haber despedido a mi sufrimiento pero no, se queda cerca, me vigila, se burla ante mi desconcierto intacto. No espera más que un instante de distracción para arremeter contra mí. Una fiera al acecho. Le veo los colmillos. Sus instrumentos de tortura. Así, como si nada, ¿no creíamos que ya habíamos terminado? ¡Menuda broma! Regreso inmediato a la morfina. Esta será la última vez.

Dicho y hecho, mi último vértigo sangre del diablo. Y mi última caída en un sueño directamente conectado con mi cerebro arcaico, que enseguida me ofrece (me impone, me somete a, me encarcela en...) un onirismo tan plausible, tan humanamente verosímil, y por tanto casi indiscutible, que me será difícil, «en la intersección de las ensoñaciones» (Chateaubriand, célebre fanfarrón, emplea esta expresión para decir que acaba de despertarse), distinguir lo que dentro de esta fantasía pertenece a la realidad de lo que no le pertenece.

Voy a contarlo.

Sin florituras.

El sueño en cuestión: Archi sigue en su 'fiesta' tokiota en compañía de la intérprete *sexy* y del magnate, que tiene mucho interés en presentarle a su futura esposa. Mi inconsciente lo observa. Es el testigo, el actor, el guionista, de la historia repleta de inesperados giros que finge descubrir:

—Os presento a May —declara con solemnidad el magnate—... La pasión surgió entre nosotros al instante... Un tremendo flechazo... Nos conocimos en el Plaza de Hong

Kong... Nos casaremos en julio en Montecarlo... Nos harán el honor de acompañarnos, ¿verdad?

Archi se inclina respetuosamente, ejecuta su besamanos latino (labios en contacto un tanto húmedo con la mano tendida), se incorpora, contempla a la prometida, es guapa, no cree lo que ven sus ojos... Caramba, ¿será posible? Esa cara... Pero ¿cómo va a ser? Si esta chica apenas tiene veinte años... Sin embargo, se parece tantísimo a... Está claro, esa May le recuerda increíblemente a... Imposible que no sea ella... Aunque, por otra parte, ¿puede concebirse que el tiempo se detenga, deje de pasar, se estanque?

Al instante, la prometida se altera, también lo reconoce... Pavor, vergüenza, ¿qué hacer? No es plato de gusto para nadie toparse con el testigo de una vida borrada, rectificada... Ella pensaba que, ocultándose tras un rostro y un cuerpo indemnes al tiempo, no corría ningún peligro... Pero no, ha tenido que darse esta maldita casualidad, este Archi y su afición a las *escorts* en otra época... Pánico, pánico... Ella se esfuma en el acto sin una palabra amable, desaparece entre las plantas del Aman bajo la consternada mirada de su futuro esposo magnate que, con cara de apuro...

—Ahora mismo está muy sensible, ustedes la disculparán... Qué se le va a hacer, es la primera vez que se casa, es tan joven... Hasta a mí me afecta bastante esta felicidad tan nueva... Y Dios sabe bien que yo he visto cosas...

Mi sueño es entonces irrefutable: sobre esa tal May, ha pegado la cara de... Violante... Por incoherente que parezca... Es la Violante del Plaza, de las sombrillas color lavanda, de María Magdalena la puta cristológica, del *Summertime*, del pichón bien trinchado... Es Violante, pero sigue teniendo la edad de antes, cuando el aire se enrarecía a su alrededor,

cuando los insectos de verano se consumían en los portavelas... Archi no sale de su asombro... Yo tampoco... ¡Tiene gracia
la vida! En mi sueño, no obstante, me emociono ante la
hazaña, digna de un tenista que consigue vencer a un rival
mejor clasificado... Para Violante, es un final de partido inesperado, un epílogo suntuoso tras una larga carrera en el
terreno de la aventura y la depredación. No solo debe de
nadar en el oro, con tarjetas de crédito de todos los colores y
vacaciones en Palm Beach, en Bali o en Gstaad, sino que
además ha domeñado el tiempo... Es Naná casándose con su
banquero en vez de contraer la sífilis... Un último botín antes
del crepúsculo... ¡Bravo! *Bravi!* Si mi sueño me lo hubiera permitido, le habría pedido detalles adicionales. Cuánto me
habría gustado que me explicara los episodios intermedios, el
camino recorrido desde aquel almuerzo sobre manteles violetas hasta los salones de un palacio nipón..., pero los sueños
no se dejan dictar, hacen solo lo que se les antoja, no sabré
nada más que lo que aparece en la pantalla de mi sueño: una
May-Violante que surge de lo más recóndito, sin una arruga,
del brazo de un magnate de la soja... Podría enfurecerme por
haber permitido a esa chica seguir existiendo en mi cabeza,
pero ni siquiera me lo planteo... Porque esta escena soñada
me enternece. Y me convence de que en el pasado no sufrí por
una cualquiera. En fin, así son las cosas: hay seres que jamás
salen del corazón en el que se les ha permitido entrar. Y no
merece la pena hacer un drama.

En mitad de la noche siguiente, llaman a mi puerta.

El haz de una linterna acaricia las paredes. Lame mi torso
de momia. Sube lentamente hacia mi rostro deslumbrado.

Unos instantes de silencio. Luego una voz familiar. Una voz que en una época remota oía a menudo, cuando me dejaba maltratar por tormentos inofensivos.

—¿Tiene usted, me comentan, dos o tres preguntas que hacerme?

La luz de la linterna se proyecta de abajo arriba sobre el mentón del visitante. Luces y sombras. Efectos neoexpresionistas asegurados. Parece una figurita de Otto Dix. O la máscara inquietante de Peter Lorre cuando aparece en *M, el vampiro de Düsseldorf.*

Es el señor Rachid.

Juega con su vaporizador de Ventolín. Psst, psst. Como hace veinte años cuando, tendido en su cuartito de paredes de corcho, yo oía su respiración de asmático detrás de mi espalda.

El corcho, el asma. Evidentemente todo eso me cuadraba. Me daba la impresión de que Marcel Proust jugaba a ser mi loquero gurú. Me sumergía en la ilusión de que el alma marceliana vigilaba mis heridas, compartía mi calvario amoroso, acudía raudo en mi auxilio. El blablablá podía entonces empezar. Al cabo de unos minutos, el señor Rachid se dormía sin que yo viera en ello inconveniente alguno. De todas formas, yo solo había ido para hablarle a Marcel y, a través de él, a mí mismo.

—Se lo repito: ¿quizá tiene usted un par de...?

¿Cómo ha podido llegar hasta aquí? ¿Saltarse los controles de una clínica ya cerrada y a aquellas horas de la madrugada? ¿Dar conmigo en aquel laberinto de plantas y pasillos? Con un gesto regio, el señor Rachid me hace comprender que un buen freudiano debe, a cualquier hora, ser tan hábil, tan experimentado, tan transgresor como un *atraviesaparedes.*

Llevaba veinte años sin verlo.

Desde la época en que mi ruptura con Violante me había sumido en una terrible melancolía. El señor Rachid había sabido sacarme de allí gracias a sus hipótesis estrafalarias y a sus salvajes interpretaciones delirantes. Más adelante se convertiría en un íntimo desconocido. Un enviado especial y ocasional a mi inconsciente. Yo no sabía nada de su existencia ordinaria, de sus costumbres, de su familia, de sus admiraciones, salvo a su vecino Cioran. Pero no me resultaba desagradable tener a mi disposición por un precio fijado a un individuo del que yo lo ignoraba todo mientras que él de mí no ignoraba nada. ¿No es eso lo que le piden a Dios quienes tienen la suerte de mantener relaciones con él?

Después de estas temporadas-Violante, el señor Rachid se había contentado con tenerme vigilado a distancia. Una lechuza invisible posada en mi hombro. Un depositario jurado de mis antiguas confidencias. No obstante, de vez en cuando me dejaba algún que otro mensaje sibilino en el buzón de voz del teléfono. La mayoría presentaban una forma lapidaria y misteriosamente apta para guiarme hacia las verdades que yo necesitaba con más urgencia. Uno de estos mensajes me llegó la víspera de mi operación y no contenía nada más que una breve cita de Schopenhauer: «¿La vida? *Grosso modo*, una tragedia... En el detalle, una comedia...». En el transcurso de los días siguientes, me gané también el derecho a otro aforismo que sin duda había sacado de Borges: «Que todo hombre es dos hombres y que el verdadero es el otro...»; y que consiguió convencerme, en un momento especialmente difícil, de que si un primer yo acababa muriendo, siempre me quedaría un segundo para sobrevivir.

Delante de mí, en este momento, el señor Rachid está ya muy viejo. Sus gestos son vacilantes. Su mirada de faquir, toda en llamas, es lo único que no ha cambiado.

Poniendo su mano en mi frente, insiste en bendecirme.

—No puede hacerle ningún daño —dice él.

—Pero ¿qué hace usted en mi habitación?

—Solo pasaba por aquí... Y me ha parecido entender, a través de ciertos infrasonidos, que me necesitaba...

¿Lo necesito?

Ante mi silencio, empieza ya a deshacer el camino:

—Dadas las circunstancias, voy a esfumarme... Ya sabe usted que me encanta hacerlo...

Lo he ofendido. Sé que las preguntas son para él como sanguijuelas. Lo alivian un poco de su larga experiencia de la naturaleza humana. Imposible negárselo.

—Bueno, sí, una pregunta, una sola, mi querido señor Rachid: ¿por qué, hasta ahora, me he convencido de que mi vida dependía de determinados seres que, finalmente, han resultado ser decepcionantes? Violante... Mi primogénito... ¿Por qué, me gustaría saber, no comprendí de inmediato quiénes eran?

El señor Rachid se mira sus cuidadas uñas. Contempla el techo. Responde con música, con ironía:

—Cada amor, tralalá tralalero, informa del síntoma de quien ama...

Añade que me escribirá al respecto.

Luego se calla y abandona mi habitación.

No sin antes tomarse la molestia de bendecirme por segunda vez.

Si, aprovechando un último y simétrico ejercicio de desdoblamiento, observo ahora mismo al individuo que se dispone a abandonar la habitación de la clínica en la que ha pasado cuatro semanas oníricas dolorosas sembradas de alegrías de penas de excursiones al pasado presente y a una nada desde entonces domesticada tras ser entrevista...

... y si, al mismo tiempo, procedo a una nueva «congelación de la imagen» completada por lo que estas horas de vivomuerto, de recuerdos chantajistas, de ebriedades de sangre del diablo, de difuntos que regresan, de pasiones evaporadas o intactas me han enseñado...

Podría, en tanto que yo mismo, afirmar que no me parezco en nada al que era hace poco.

Porque la muerte me hizo saber que me esperaba sin impaciencia.

Porque, al superar en medio de un temporal un cabo de Hornos íntimo, pude tranquilamente sentirme ínfimo entre los poderes oscuros y superiores que consintieron prorrogar mi contrato de arrendamiento en la Tierra.

Amores, compasión, ideas, alegría, amistad, contemplaciones, extensión del dominio de las sensaciones... Todo es provisionalmente perfecto.

Luego que pase lo que tenga que pasar.
Ya me las arreglaré yo para no estar nunca listo.
Bastará con velar por la dignidad de la gran despedida.

Está previsto que pase mi convalecencia en casa de Vita. Ha insistido. Me ha preparado una habitación luminosa. Con sábanas bordadas, perfume de interior, visitas selectísimas, novelas, música, escritorio de palisandro, enfermera de día, enfermera de noche, cada una con derecho, además de a un salario fijo, a una prima en función de la afectuosa atención que se me prodigue con sinceridad. La habitación tiene vistas al parque Monceau. Desde mi cama, podré divisar el banco en el que antaño esperaba a Michel.

El mensaje del señor Rachid me llega varios días más tarde. Opaco. Sin aliento. Estroboscópico. Enviado a mi teléfono justo en el instante en que cruzaba el porche de la clínica. Estaba redactado en una especie de morse freudiano. Perplejo, lo reproduzco literal.

> *«¿Su pregunta? Demasiado clásica. Nacimiento simbólico, etc. Mamá maravillosa y responsable. Muchísimo amor. La promesa del alba y compañía. Después de eso, el hombrecito, incluso ya crecido, quiere completar su educación. Así que hace cursos de decepción, de abandono, de traición. De ahí la femme fatale el hijo ingrato los amores frustrados, etc., todos reclutados elegidos adrede. Esos dóciles malvados han hecho su trabajo. Haga usted el suyo. Perdone... O mejor: agradezca, bendiga, pase página... En cualquier caso, Marcel ya ha contado todo eso. Yo me conformo con repetirlo. QED.»*

Lo he leído y releído.

Algunos días, este mensaje me parece nítido.

Otros días, me parece oscuro.
La mayoría de las veces oscilo agradablemente entre la
incomprensión y el cachondeo salvador.

Los vivos, los difuntos, los fantasmas, los imaginados, han
venido. Forman una fila de honor. ¿Quién los ha avisado? Todos,
en función de su lugar en el tiempo, quieren celebrar mi reencuentro con la luz, el movimiento, las sensaciones justas. Este
coro de murmullos y risitas cariñosas me colma de alegría.

Michel y Françoise agitan los brazos en señal de júbilo
póstumo. Están encantados de haberse conocido gracias a mí
en un más allá que, al contrario de la opinión generalizada,
no es nada propicio a las nuevas amistades. Michel lleva
puesto su jersey de tenis de ochos rojos y azules. Françoise
juguetea con su ristra de perlas más eterna que nunca. Nos
sonreímos a través de unas mamparas de papel que ya son
infranqueables. Es así.

Mi padre también ha ocupado su lugar en la hilera de fantasmas. Agita su panamá de ala ancha. Su traje de lino brilla bajo
los álamos de Neuilly. A su lado, el pastor árabe al que le ha
arrancado un ojo. Salta a la vista que estos dos se han reconci-
liado, de lo cual me alegro muchísimo. Cuando he pasado cerca
de ellos, papá me ha susurrado: «Era la guerra, ya sabes... Había
que hacerse respetar...». Me ha dado tiempo a besarle la mano
como muestra de respeto definitivo. Por primera vez en nuestra
larga y difunta historia, he adivinado unas cuantas lágrimas
en la comisura de sus bonitos ojos apagados.

Diviso a mi hija. ¡Qué alegría! Está deslumbrante, juguetona, perfeccionada como una infanta del futuro. Una ya espléndida. ¿Sabrá amar? ¿Hacer sufrir? ¿Debería enseñarle la bondad? Sus ojos son verdeazulados salpicados de amarillo junquillo. Me perpetúo. Es la regla del juego.

Olivier mi editor está feliz por mi resurrección. Enarbola un ejemplar de *Blanche*, quien, para la ocasión, ha salido en persona de la novela donde creía haberla encarcelado. En voz baja, por principios, me reprocha haberla puesto en situaciones indecentes. Con gusto me habría tomado la molestia de explicarle que un novelista ostenta todos los derechos sobre las costumbres de su criatura, pero Olivier se me adelanta. En su noble concepción del oficio, este editor se cree obligado a consolar a los personajes de la novela cuyo destino ha descarrilado.

Encantador y popular, Bernard LesVies me honra con su presencia vital. Va cubierto de insignias kurdas, ucranianas, afganas, armenias, bosnias, nigerianas, que le confieren una pechera de mariscal soviético. Sostiene una pancarta en la que se lee un lema muy antiguo que recomienda no envejecer nunca. Un equipo de televisión lo graba. Tom Hanks le pide un autógrafo. Un halo de júbilo lo envuelve como una vela mayor hinchada por el viento.

Lo que me ha encantado, y me ha dado una alegre sorpresa, es que Marcel se ha presentado en persona. Lleva unos guantes gris tórtola. Unas pelusas de algodón alcanforado le salen de la chaqueta que le hace un torso de gusano de seda. Charla con el señor Rachid de los méritos del Ventolín en comparación con los polvos Legras. Psst psst contra inhalaciones. Cada uno cuenta con sólidos argumentos.

Archi va acompañado de su intérprete del monte Fuji. Una chica guapa e intensamente sexual cuyos labios emiten gorjeos japoneses. Él me ofrece una raqueta de tenis y me informa discretamente de que la boda de Violante y su magnate se ha ido al garete. Son cosas que pasan. La pobre chica ha tenido que reemprender su camino de aventurera cansada. Con la edad, que siempre acaba por alcanzarnos, no debe de ser fácil. La compadezco.

La Gran Eminencia llega corriendo. Tiene prisa, va cargado con un inmenso ramo de rosas.

—Estas flores eran para mi nueva amante —me dice—, pero me apetece regalárselas a usted... Ya volveré a pasar más tarde por mi florista... ¡Ah, los floristas! Son como magos... Lo arreglan todo... No olvide nunca que son nuestros mejores aliados en la maravillosa guerra que nos enfrenta a las mujeres...

Ahí está mi primogénito, un poco aparte. Rodea a su hermano pequeño por el hombro y no se atreve a dejarse ver demasiado. Le he hecho saber mediante un guiño que el pasado entre nosotros ya no tiene importancia. Cada uno ha sido esto y luego aquello. Uno ha dado sus golpes, otro se los ha llevado, ¿y después? Entre el perdón, el olvido y el amor siempre llega un momento en el que padre y primogénito se reservan energías para desafíos mucho más grandes que una riña cualquiera. A mí, él lo sabe, me cuesta mucho recordar las ofensas que se me han hecho.

En el coche, me reencuentro con Vita.
Ni una palabra.
Ella lo sabe todo.

Más tarde, bastante más tarde, y todavía después de más tarde, hubo un nuevo partido de tenis.

Vi la pelotita amarilla salir disparada de la raqueta de Archi dejando un sonido lejano y mate.

Seguí su trayectoria imprevisible, arremolinada, empolvada de ocre.

Aguardé su rebote y su inmovilidad de colibrí.

Fue como reencontrarme con mi asesino mucho tiempo después de que me diera muerte por primera vez.

Con un golpe bien ajustado, seco, inspirado, ebrio de existir, devolví hábilmente el sol en miniatura.

Mi brazo derecho, prolongando su gesto enroscado, pasó suavemente por encima de mi hombro izquierdo.

La pelota rozó la red, bordeó la línea blanca.

El águila poderosa, mis fantasmas, mis queridos difuntos, me observaron con paciencia y dignidad.

Volveremos a vernos, me dijeron...

Archi estaba contento.

Puede que la pelota haya salido volando fuera de su alcance.

¿Un punto ganador?

Provisionalmente la vida puede volver a empezar.